KB022747

전설의 프로듀서― 히비P

"무슨 말을 하는 건지
모르겠군요오오오오?!"
정령― 토키사키 쿠루미

"걱정하지 마세요! 쿠루미 씨에게는
S랭크 아이돌이 될 소질이 있어요!"
준정령― 히고로모 히비키

"이 영역에서 자신의 뜻을 관철하고 싶다면—
아이돌이 되어야 해요."

제9영역의 지배자— 반오인 미즈하

"내 노래를
들어줘어어어어
어어어어어어어어어!"

준정령—창

"긴장 같은 거 할 틈이 있어? 멋지게 노래하고
춤추는, 눈부시게 멋진 일이 너를 기다리고 있잖아!"

DATE

A

BULLET

02

글 : **히가시데 유이치로**
원안 · 검수 : **타치바나 코우시**
그림 : **NOCO**
옮긴이 : **이승원**

사랑, 사랑, 사랑하고 있어.
좋아, 좋아, 좋아하고 있어.
그대만을, 당신만을.
차지하려 하진 않아, 이뤄질 생각도 없어.
그러니 부디, 부디 나를―.
잊지 말아줘―.

―아지랑이처럼 노래하고,
―아지랑이처럼 죽을 거야.

데이트 어 라이브 프래그먼트

데이트 어 불릿 2

DATE A LIVE FRAGMENT 2

SpiritNo.3
AstralDress-NightmareType Weapon-ClockType[Zafkiel]

○프롤로그

그곳은 끝이 없는 어둠이었다. 과거, 아직 지구가 둥글지 않다고 여겨지던 시절, 땅 끝에는 아무것도 없다고 사람들은 생각했다.

바다 저편으로 향하다 보면, 땅이 끊어지면서 아무것도 없을 거라고, 옛날 사람들은 두려워했을 것이다. 분단된 세계, 끝없이 펼쳐진 무한한 암흑, 그곳은 신의 손이 닿지 않는 장소라고······.

제10영역^{말쿠트}의 끝에 당도한 소녀는 아연실색한 표정으로 하늘을 올려다보았다.

옛날 인간이 상상했던 이 세상의 끝이 그녀의 눈앞에 펼쳐져 있었다.

"여기가―."

"예. 각 영역을 잇고 있는 【하늘에 이르는 길】^{샤마임 크비슈}― 그걸 봉인하고 있는 문^{게이트}이에요."

이것을 문, 이라고 불러도 되는 걸까. 굳이 따지자면 탑이라고 불러야 할 것만 같았다. 거대한 성문 같아 보이기도 하지만, 그 문이 지키고 있어야 할 성이 없었다.

즉, 그저 하늘을 찌를 듯한 거대한 흰색 문이다. 재질은 알 수 없지만, 나무와 돌로 만든 게 아닌 것은 분명했다. 금속처럼 보이지만, 손가락을 대보니 플라스틱처럼 매끄러웠다. 표면에는 황금색으로 복잡한 문양이 새겨져 있었다. 하지만 너무나도 거대하기에 어떤 문양인지는 알 수 없었다.

그리고 그 문의 양옆으로는 그저 불가사의한 어둠만이 펼쳐져 있었다.

"잘 보세요."

한 사람이 그렇게 말하면서 그 어둠에 오른손을 집어넣었다. 어둠 속으로 들어간 오른손이 사라졌다. 그리고 어둠에서 오른손을 빼자, 손은 원래대로 되돌아왔다.

"빛을 흡수하는 완전한 어둠……이군요."

우주의 저편에 있다고 하는 블랙홀 같았다.

"아무튼, 제가 알기로 이곳에 들어간 준정령(準精靈)은 단 한 명도 없어요."

"이곳은 전투광인 분들이 모이는 영역이죠? 누군가를 억지로 집어넣어 본 분도 없는 건가요?"

"……아마, 없을 거예요."

"어째서죠?"

히비키는 두려움이 어린 눈길로 어둠을 쳐다보며 소곤거리듯 말했다.

"이곳에 무언가를 집어넣었다간 이 인계가 무너져 버릴지도 모른다, 고 누군가가 말했다……는 소문 때문이에요."

"그런가요."

소녀는 납득했다. 이 세계에는 수수께끼가 너무나도 많

다. 일부러 핵미사일의 버튼을 누르려 하는 자는 흔치 않을 것이다.

그건 그렇고— 소녀는 문을 쳐다보며 탄식을 터뜨렸다.

"지옥의 문이라는 게 진짜로 존재한다면, 이런 형태일지도 모르겠군요."

—마치, 흑요석 같아.

문을 응시하고 있는 그녀를 이곳까지 안내한 소녀, 히고로모 히비키는 문득 그런 생각이 들었다.

물기를 머금은 듯한 흑발은 아름다웠으며, 눈앞에 펼쳐진 암흑의 바다와는 또 다른 정취를 자아내고 있었다.

그리고 검은색과 붉은색으로 이뤄진 옷은 그녀의 불가사의한 분위기를 강조하고 있었다.

그중에 가장 인상적인 것은 **왼쪽 안구의 시계판**.

째깍째깍, 째깍째깍.

심장 박동에 맞춰 초침이 움직이고 있는 것만 같았다.

그녀는 양손에 고풍스러운 총— 단총과 보병총을 쥐고 있었다. 둘 다 고전적인 무기지만, 예전에 **그녀였던** 히고로모 히비키는 알고 있다. 저 두 총에 그림자를 장전해 쏜 탄환은 음속의 속도로 직선, 혹은 커브를 그리며 날아가 목표로 한 표적에게 명중한다.

검고, 컴컴하며, 어둡고, 요사할 뿐만 아니라, 아름답기까지 한 소녀였다.

"자, 그럼 히비키 양. 제9영역으로 가죠."

그녀의 이름은 토키사키 쿠루미.

이 인계의 그 누구도 범접할 수 없을 정도의 힘을 지닌, 최강의 정령이다.

"그런데, 이 문은 어떻게 열죠?"

쿠루미와 대조를 이루듯 새하얀 복장을 걸친 히비키는 그 물음에 볼을 긁적였다.

"아…… 뭘 어떻게 해도 열 수 없어요."

"……히비키 양?"

쿠루미는 빙긋 웃었다. 그 미소는 히비키의 처형을 알리는 카운트다운이었다.

단총이 히비키의 관자놀이에 겨눠지기 5초 전, 같은 상황이다.

"거, 걱정하지 마세요! 문은 못 열지만, 건너편으로 갈 방법이라면 있어요."

"문을 열지 않고도 건너편으로 갈 수 있다……는 건가요?"

"예. 영체를 동조시키면 돼요."

방금까지만 해도 위압적인 미소를 짓고 있던 쿠루미가 고개를 갸웃거리자, 히비키는 그 모습이 얄미워 보일 정도로 귀엽다고 생각했다.

"······이 문은 인계 초기에 지배자가^{도미니언} 만들어 낸 것이라고 해요. 당시에 이곳은 영력이 심각할 정도로 흐트러져 있었대요. 그래서 다른 영력에서 넘쳐 나온 영력에 침식되는 경우도 많았다고 해요."

히비키는 그것을 느닷없이 발생하는 홍수에 비유했다.

총 열 개의 영역은 【샤마임 크비슈】에 의해 이어져 있으며, 때때로 넘쳐 나온 영력이 느닷없이 활성화되어 막대한 파괴 에너지가 될 때도 있었다고 한다.

그래서 긴급 상황에는 이 문을 폐쇄해서 침식해 오는 영력이 일으키는 재해를 막기도 했다는 모양이다.

"요즘은 영력이 안정되어서 그런 일이 일어나지 않지만요. 예소드는 준정령들 중에서도 전투능력이 낮은 애들이 모여 있는 곳이에요. 그래서 사소한 문제만 발생해도 바로 문을 폐쇄해요. 그러니 이 문만큼은 따로 출입하는 방법을 익혀야 해요."

히고로모 히비키는 제10영역에서^{말쿠트} 출발해 제9, 제8, 제7^{예소드 호드 네자}, 제6까지^{티페레트} 가본 경험이 있다.

그것은 복수의 순례였으며, 집념과 능력이 그녀에게 그것을 가능하게 했다.

······하지만, 그것은 이미 끝난 일이다.

"간단히 설명하자면, 문은 패스워드를 요구하는 상태예요. 그리고 그 패스워드는 바로 영장(靈裝)이죠.^{드레스} 즉, **가입되**

어 있는 로그인 ID를 입력하듯이, 영체 파장을 맞추기만 하면 돼요. 으음, 제 설명을 이해하셨나요?"

쿠루미는 흠, 하고 낮은 신음을 흘리며 고개를 끄덕였다.

"대략적으로 이해했답니다. 하지만 어떻게 하는 건지는 모르겠군요."

"그럴 거예요. 그러니까 이번에는 저와 함께 해요. 아, 걱정하지 마세요. 여기는 비교적 보안이 허술한 편이에요. 틀리더라도 엄청 아프게 튕겨져 날아가기만 할 뿐이에요."

"……고통은 사양하고 싶군요."

"걱정하지 마세요~. 저는 쿠루미 씨의 영체 파장을 기억하고 있거든요."

"아…… 맞아요. 그랬었죠."

히비키는 얼마 전까지 토키사키 쿠루미였다. 그녀는 복수를 위해, 자신의 무명천사 〈왕위찬탈〉를 이용해 정령의 힘을 자신의 것으로 삼았다.

그러니 쿠루미의 영체에 관해서는 아마 본인 다음으로 잘 알고 있을 것이다. 물론 그녀의 진정한 능력— 그 무엇도 비견될 수 없는 존재, 천사에 관해서는 수박 겉핥기 수준이지만 말이다.

히비키는 쿠루미의 손을 살며시 움켜잡았다.

"쿠루미 씨, 그럼 갈까요?"

쿠루미는 단 한순간도, 아니, 찰나도 망설이지 않았다. 그녀가 느끼고 있는 것은 공포가 아니라, 크나큰 희망과 약간의 초조함뿐이었다.

"예, 가죠."

히비키는 이 빠른 반응의 원천이 무엇인지 이해하고 있기에, 쓸쓸한 미소를 머금었다.

○ 제9영역
_{예소드}

히비키는 문에 살며시 손을 대며, 속삭였다.

"접속·영장 인증 개시. 〈신위영장 3번〉·정보 취득/암호 열쇠 요구·대기·파장 동화."

첨벙, 하는 소리를 내면서 히비키의 팔이 문 안으로 잠겨 들어갔다.

"히, 히비키 양?"

"잠시만 조용히 해주세요."

"아, 예."

히비키의 목소리에 어린 묘한 박력을 느낀 쿠루미가 무심코 입을 다물었다.

"파장계수 변환, NZ184.003.926.335.01…… 읔!"

치직, 하면서 스파크가 튀는 듯한 소리가 들렸다. 히비키의 악력이 세지더니, 쿠루미의 손을 아플 정도로 세게 움켜 쥐었다.

쿠루미는 그제야 히비키가 고통을 참고 있다는 것을 깨달았다. 이마에 맺힌 땀은 그녀가 고통을 느끼고 있다는 증거였다.

"히비키 양!"

쿠루미가 그녀의 이름을 외쳤지만, 히비키는 대답하지 않았다. 그저 무기질적인 목소리로 말을 잇기만 했다.

"3…… 인증·동조 설정 완료! 침식 32퍼센트, 투과 정밀도 83퍼센트! 자! 쿠루미 씨, 가죠! 잘 들어요! 통과가 가능한 건 한순간에 불과해요! 까딱 잘못하면 문에 융합될 수도 있다고요! 이야아아아아아아아아아압!"

문은 열리지 않았다. 하지만 히비키는 과감하게 걸음을 내디뎠다. 히비키의 몸이 문을 통과해 들어갔다. 하지만 그녀는 걸음을 멈추지 않았다.

그리고 드디어, 히비키에게 잡혀 있던 쿠루미의 손도 문을 통과했다.

"꺄앗?!"

쿠루미는 새된 비명을 지르면서 멈춰 설 뻔 했지만, 곧바로 아까 들은 말을 떠올렸다.

—문에 융합될 수도 있다고요.

그런 괴상한 상황에 처할 수는 없다고 생각한 쿠루미는 충돌을 두려워하지 않고 문을 향해 몸을 날렸다.

그러자, 마치 물에 뛰어드는 것 같은 감촉이 느껴졌다.

눈부신 빛의 홍수— 무지갯빛을 머금은 입자가 쿠루미의 주위를 빙글빙글 돌더니 물보라가 되어 쿠루미에게 쏟아졌다.

"자, 뛰죠!"

히비키와 쿠루미는 손을 맞잡은 채, 【샤마임 크비슈】를 내달렸다.

길은 아까 전에 통과한 문과 비슷한 재질이었지만, 신기하게도 미끄럽지는 않았다.

"꼭, 이렇게, 뛰어야, 하나요?"

"예, 쿠루미 씨는, 빨리, 만나고, 싶잖, 아요?"

쿠루미는 그 말을 듣고 자신의 꿈을 떠올렸다.

"그렇군요!"

"그럼, 서두르죠! 서두른다고 해서 나쁠 건 하나도 없으니까요!"

히비키의 말에 끌려가고 있던 쿠루미가 앞으로 나섰다.

"저보다 앞장서서, 달리지 마세요."

지기 싫어하는 성격이 묻어나는 그 말에 히비키는 빙긋 웃었다.

─뭐, 그 후 약 200미터 정도를 달렸을 즈음에는 두 사람 다 한계에 도달했지만 말이다.

"조, 좀…… 무리한 것 같네요……."

"그런 것 같……군요……."

이 인계에서는 모든 행위 및 행동을 취할 때마다 영력이 소비된다. 이 인계는 건너편 세계와 다르게 영력으로 가득차 있으니, 영력이 바닥날 일은 없다. 하지만 소비한 영력을 보충하는 데 시간이 걸린다.

이 인계에서도 체력은 중요한 것이다.

"하지만 덕분에 거의 다 왔어요. 자, 보이기 시작하네요."

예소드의 문이 보이기 시작했다.

"으으, 설마 아까 했던 걸 또 해야 하나요?"

"아뇨. 이미 로그인에 성공했으니까 그냥 통과할 수 있어요."

쿠루미는 그 말을 듣고 가슴을 쓸어내렸다. ……하지만, 그 대신 다른 불안함이 마음속에서 고개를 치켜들었다.

"그러고 보니 히비키 양, 아까 망언을 입에 담지 않았나요?"

"망언? 자실?"

"망연이 아니라 망언 말이에요. 그러니까…… 아이돌이 어쩌고 같은 말을 했잖아요."

쿠루미는 자신이 잘못 들었거나 말실수일 거라고 생각했다. 아이돌이 되어야 한다니, 너무 바보 같아서 어이가—.

"아, 예. 맞아요. 예소드에는 노래하고, 춤추며, 사랑받는 우상(아이돌)만이 인정을 받는다는, 꽤 특이한 가치관이 존재해요."

너무 바보 같아서…….

"특이해도 너무 특이하군요."

쿠루미는 한숨을 내쉬며 탄식을 터뜨리다가, 문득 의문을 느꼈다.

"하지만 이상하지 않나요? 대체 누구에게 『사랑』이라는 걸 받는 거죠? 아이돌을 사랑해줄 팬이 인계에 존재할 것 같지는 않군요."

"아, 팬이라는 점을 자신의 존재이유로 삼은 준정령이 의외로 많아요. 물론 그들만으로 행사장을 가득 채우는 건 무리니까, 아이돌이 목표인 준정령들은 자기가 모은 팬 파워로 행사장을 팬으로 가득 채우죠."

"팬 파워……인가요."

쿠루미로서는 난해하기 그지없는 말이었다.

"뭐, 됐어요. 저는 어차피 이곳을 통과하기만 하면 되니까요."

"그렇죠? 그럼 예소드에 들어가 볼까요!"

그렇게 두 소녀는 다음 영역의 문으로 뛰어들었다.

"……이건, 대체 어떻게 된 거죠?"

"그, 글쎄요. 이 정도로 경계할 거라고는 생각을 못해서……."

문 너머에 있던 열 명의 준정령이 쿠루미 일행을 향해 무명천사를 겨눴다. 총, 검, 창, 활…… 무기도 각양각색이었다.

"너희는 대체 뭐야?!"

"어떻게 이 문을 통과한 건데?!"

"우, 움직이지 마! 절대 움직이지 말란 말이야! 알았지? 알았지?!"

누구부터 쓰러뜨릴지 고민하던 쿠루미는 이내 눈치챘다.

―어머, 어머. 이 분들, 겁에 질리셨군요.

언뜻 봐도 창끝이 떨리고 있었다. 총구도 흔들리고 있었으며, 검을 쥔 손에도 힘이 잔뜩 들어가 있었다.

수라(修羅)의 세계 같던 말쿠트와 다르게, 이곳은 평화적인 준정령이 경비를 담당하고 있는 것 같았다.

그녀들의 얼굴은 당혹스러움과 공포로 가득 차 있었기에, 공격을 하는 것 자체가 왠지 미안했다. 히비키는 쿠루미의 팔꿈치를 톡톡 두드렸다.

"항복하죠~!"

히비키의 말에 쿠루미는 한숨을 내쉬었다.

"예, 그러죠."

쿠루미는 그렇게 말하면서 총을 집어넣은 후, 두 손을 들어올렸다. 그러자 주위에 있던 준정령들이 일제히 하아~ 하고 한숨을 내쉬며 안도했다. 쿠루미가 손을 들어올린 순간, 상대방도 무기를 내렸다.

"다행이야~."

"진짜 깜짝 놀랐다니깐~."

"이런 일은 처음이잖아~."

그뿐만 아니라 서로의 얼굴을 쳐다보며 시끌벅적하게 떠들기 시작했다. 확실히 쿠루미와 히비키는 현재 무기를 들고 있지 않다. 하지만 천사는 영력으로 조작하기에, 자유자재로 꺼내거나 집어넣을 수 있다.

"저, 저기요~."

보다 못한 히비키가 입을 열었다.

"뭐, 뭐야?!"

"아, 이제 손을 내려도 되나 싶어서요. 그리고 이제부터 어떻게 할 건가요?"

"아, 응. 으음, 어떻게 하지? ……자, 잠깐만 기다려!"

준정령들이 또 쑥떡거리기 시작했다.

쿠루미가 히비키를 힐끔 쳐다보자, 그녀는 아하하~ 하고 쓴웃음을 흘렸다.

"흐음, 정말 무사태평한 영역이군요."

문지기, 라는 것은 의외로 중요한 역할이다. 제아무리 견고한 성도 내부와 외부에서 협공을 당하면 무너지고 마는 것이다. 뭐, 이 인계에서는 다른 영역의 침공 같은 일이 일어날 가능성은 거의 없겠지만…….

"좋은 곳이기는 하지만, 말쿠트에 너무 익숙해져서 그런지 이 평화가 고통스럽게 느껴지기도 해요."

"사흘이면 몰살시킬 수 있겠군요."

"절대 하지 마세요!"

결론이 나온 건지, 리더 격으로 보이는 준정령이 앞으로 나서면서 어험 하고 헛기침을 했다.

"그, 그럼, 으음…… 이름을 알려줄래?"

"으음, 준정령, 제7영속…… 히고로모 히비키, 예요."

쿠루미는 또다시 한숨을 내쉬면서 입을 열었다.

"준정령, 제3영속…… 토키사키 쿠루미, 랍니다."

쿠루미는 정령이라는 걸 숨기는 편이 낫다는 히비키의 의견에 찬성했다. 히비키의 말에 의하면, 정령이라는 사실을 밝히더라도 다들 농담으로 치부할 것이라고 했다. ……하지만 말쿠트에서의 데스 게임에서 정령이라는 사실을 밝혔을 때처럼, 남들이 농담으로 치부하지 않을 가능성도 있다.

—그럼 당신은 왜 그때 정령을 자처한 거죠?

—아, 단순해요. 겁을 주고 싶었거든요.

히비키는 약간 거북한 표정을 지으면서 그렇게 말했다. 그녀의 표적이자, 말쿠트를 지배하던 최강의 준정령, 『인형사』. 그녀에게 겁을 주기 위해, 히비키는 정령을 자처했다. 확실히 그 엄청난 힘은 정령이라는 존재에게 걸맞은 수준이었으며, 그녀의 기억 또한 자신이 정령이라고 인식하고 있었다.

"그래~. 히비키 양과 쿠루미(胡桃) 양이구나. 잘 부탁해!"

아마 쿠루미(狂三)라는 이름의 한자 표기를 틀렸을 것 같지만, 지적해봤자 의미가 없을 것 같았기에 그냥 입을 다물고 있기로 했다.

"그런데 왜 말쿠트에서 여기로 온 거야?"

"아, 그게 말이죠. 말쿠트의 도미니언인…… 『돌마스터』가

죽었거든요. 그래서 혼란을 틈타서 둘이 같이 도망치기로
한 거예요."

"그렇구나~."

문지기인 준정령들이 납득했다는 것처럼 고개를 끄덕이
자, 히비키는 그 모습을 보며 눈썹을 찌푸렸다. 준정령들이
자신의 말을 너무 순순히 믿었기 때문이다. 말쿠트의 도미
니언이 죽은 사실이 폐쇄되어 있는 영역에 전해질 리가 없
는데 말이다.

"저기…… 제 말을 믿는 건가요?"

"응."

문지기 중 한 명이 고개를 끄덕이며 대답했다.

"우리의 도미니언인 반오인 님이 얼마 전에 그렇게 말씀하
셨거든. 그러니 의심할 이유가 없어~."

"반오인……?! 자, 잠깐만요. 이 예소드의 도미니언은 『현
란가(絢爛歌)』라는 이명(異名)으로 불리는 분 아니었나요?
으음, 이름이……."

히비키는 곧 그 이름을 떠올렸다.

"그래요! 키라리 리네무 씨!"

히비키가 그 이름을 입에 담자, 문지기들은 거북한 표정을
지으며 고개를 돌렸다.

"그 사람은 이제 없어."

"이 예소드에 있을 수 없게 됐거든……."

"어머나, 어째서죠? 말쿠트의 도미니언처럼 살해당하기라도 한 건가요?"

쿠루미가 그렇게 묻자 문지기들은 일제히 고개를 저었다.

"우리는 그런 짓 안 해! 우리는 말쿠트 녀석들과는 다르단 말이야! 하지만, 저기, 뭐랄까…… 죽은 거나…… 다름없다고 할까……."

"살아있는데도 말인가요?"

"응. 살아있기는 한데……."

이후, 문지기들은 이 영역에 있어서의 『죽음』의 개념을 명쾌하게 설명해줬다.

"노래를 못하게 됐어. 그래서 도미니언의 자리에서 물러난 거야."

"노래를…… 못하게 됐다고요……?"

"이 예소드는 아이돌이 이끌어. 노래하고, 춤추고, 찬란하게 빛나는 아이돌이 말이야."

"아이돌이 될 수 없다면 우리처럼 문지기가 되거나, 누군가의 팬이 되거나, 팬클럽을 만들거나 해야 해~."

이제 이해했다. 이 영역은 말쿠트처럼 과격하지는 않다. 하지만 과격하지 않다고 해서 살기 편하다고는 단정할 수 없었다.

"아, 이제 가 봐도 돼. 일단 반오인 님께는 너희에 대해 보고해 둘게."

"저기, 죄송한데 말이죠. 저는 이 영역의 도미니언인 반오인이라는 분을 만나 뵙고 싶군요."

문지기들은 쿠루미의 말을 듣고 얼이 나간 듯한 반응을 보이더니, 곧 일제히 큰 소리를 냈다.

"무리야~!"

"반오인 님…… 『성가자(聖歌者)』_{세인트}께서는 현재 이 영역 최고의 아이돌이신걸~!"

"우리도 만나고 싶어~!"

"하지만 매니저 분을 만나 보는 것도 힘들단 말이야!"

"하지만 매니저 분도 잘생기긴 했어~!"

"잘생겼다는 표현을 여자애한테 써도 되는 걸까?"

시끄럽게 떠들어대는 문지기들에게서 관심을 끈 쿠루미와 히비키는 걸음을 내디뎠다.

"자, 그럼 이 영역 최고의 아이돌이라는 분을 만나러 가 볼까요?"

"폭력은 최후의 수단으로 삼아주세요~!"

"예, 물론이죠. 저는 예의와 우아함에 있어서는 정령 중에서도 손꼽힌답니다."

"예, 믿을게요, 히비키는 쿠루미 씨를 믿어요! 그러니까 부디, 그 무시무시한 천사 좀 집어넣어 주세요!"

쿠루미는 쳇 하고 혀를 차면서 총을 집어넣었다.

◇

　문을 통과한 후, 한동안 걸음을 내딛자 점점 주위가 시끌 벅적해졌다. 문지기들은 이 근처를 중앙구라고 불렀다. 어느 영역이든 도미니언이 거주하는 장소를 중심으로 발전하기 마련이다.

　예소드는 말쿠트와 다른 느낌의 영역이었다. 이곳의 모든 것은 아이돌을 찬란하게 빛나게 하기 위해 존재하는 것 같았다.

　가장 먼저 눈에 들어온 것은 한참 떨어진 곳에 있는 건물 이었다. 아마 부도칸[1]을 베껴서 만든 곳 같았다. 이 길을 따라 쭉 가면 저 건물에 도착할 수 있을 것 같았다.

　"전에 왔을 때는 저곳이 도미니언의 콘서트장 겸 거주구역 이었어요."

　아마 지금도 그러할 것이라고 쿠루미는 생각했다.

　"히비키 양, 예전 도미니언은 만난 적이 있나요?"

　"이 곳을 몇 번 왕복했었는데, 그러다가 인사를 나눴어요. 당시에는 영역간의 교류가 어느 정도 이뤄졌거든요."

#1 **부도칸(武道館)** 일본에 있는 대형 유도 경기장. 조성 당시부터 일본에서 손꼽히는 대규모 공연장이었으며, 현재는 뮤지션들에게 있어 상징적 의미를 지니고 있다.

"······왜, 각 영역이 폐쇄된 거죠?"

"그건 알 수 없어요. 당시의 저한테는 아무래도 상관없는 일이었으니까요."

"······그랬, 군요."

"예. 그랬어요."

쿠루미는 약간 거북해진 분위기에서 벗어나려는 것처럼 주위를 둘러보았다.

소녀들만 있다는 것이 좀 기묘하기는 하지만, 그래도 이곳이 건너편 세계와 가장 비슷한 느낌이 들었다.

하지만 이렇게 아이돌의 콘서트장에 특화된 마을은 흔치 않다. 빌딩 대신 존재하는 것은 아이돌이 공연을 하기 위한 콘서트장 구역이었다.

그곳에서는 수많은 준정령, 그리고 망령 같아 보이는 자들이 환호성을 지르며 형광봉을 흔들고 있었다.

"자, 저기를 좀 보세요. 저게 팬 파워라는 거예요."

"팬 파워······."

······그러고 보니 준정령들 사이에 형광봉을 흔드는 검은 그림자가 있었다. 때때로 목소리를 내고 있었으며, 그 목소리에 맞춰 귀여운 핑크색 의상을 입은 아이돌이 손을 흔들고 있었다.

한참 떨어진 곳에 있는 쿠루미에게도 들릴 만큼 그 목소리는 맑고 아름다웠다.

화려한 스포트라이트를 받으며 춤추고 있는 그녀는 쿠루미가 보기에도 영락없는 아이돌이었다.

"그리고 저쪽을 보세요."

조그마한 콘서트장에서 조그마한 여자아이가 인사를 하고 있었다. 준정령은 두 명 밖에 없었으며, 검은 그림자도 보이지 않았다.

"그, 그럼 제 데뷔곡을 들어주세요!"

"신인이군요. 열심히 해줬으면 좋겠어요."

곡이 시작되자 소녀는 노래를 시작했다. 하지만 그녀의 댄스는 아까 전에 본 소녀에 비해 꽤나 서툴렀다.

"아~, 데뷔 무대라 완전히 긴장한 것 같네요. 슬슬 가사를 틀릴 거예요."

"흔들리는 마을에서 반짝이— 앗!"

히비키의 말처럼, 소녀는 가사를 틀렸는지 아연실색한 표정을 지었다. 친구로 보이는 준정령들이 「힘내!」, 「조금만 더 하면 돼!」 하고 열심히 외치고 있었다. 소녀는 그녀들을 향해 고개를 끄덕인 후, 계속 노래를 불렀다.

노래도, 춤도 어설프지만, 도중에 실수를 범했는데도 포기하지 않으며 끝까지 노래한 소녀는 객석을 향해 고개를 숙였다.

그러자 신기하게도, 어느새 생겨난 검은 그림자가 박수를 치고 있었다. 준정령 둘을 포함해도 총 열 명도 채 되지 않지만. 소녀는 울먹이며 또 고개를 숙였다.

"미나, 토모! 해냈어……. 해냈단 말이야……!"

데뷔 무대를 마친 소녀는 두 준정령과 기쁨을 나눴다.

"저렇게 팬 파워를 늘려가는 거예요. 팬 파워는 그녀가 살아가기 위한 영력이 되며, 팬인 준정령들은 아이돌을 보고 감동해서 영력을 얻죠. 이것이 예소드에서 살아가기 위한 방법이에요."

"시스템이 잘 갖춰져 있군요……."

말쿠트의 살벌함과는 명백하게 차이가 났다.

"뭐랄까. 말쿠트는 다른 영역과는 비교도 안 될 만큼 살벌하니까요……. 물론 다른 곳도 나름 위험하기는 하지만 말이에요. 호드 같은 곳은 어마어마하게 위험할 때도 있어요."

"뭐, 저희와는 상관없는 일이지만 말이죠."

쿠루미는 그렇게 말하면서도 시끌벅적한 콘서트장을 멍하니 쳐다보았다.

"어라라? 쿠루미 씨, 혹시 아이돌에 관심이―."

히비키는 말을 끝까지 잇지 않았다. 쿠루미는 아이돌이 아니라 마을을 돌아다니고 있는 준정령들을 쳐다보고 있었던 것이다.

……아니, 그녀가 아이돌도, 준정령도 보고 있지 않다는 것을 히비키는 눈치챘다. 지금 그녀는 과거의 기억을 응시하고 있다고 히비키는 생각했다.

토키사키 쿠루미가, 토키사키 쿠루미가 된 후, 그녀는 히비키에게 지나가는 말투로 이렇게 털어놓았다.
　―과거의 기억을 대부분 잃어버렸답니다.
　자신이 어떻게 해서 정령이 되었으며, 건너편 세계에서 어떻게 살아왔는가, 같은 대체적인 기억은 분명 존재했다. 하지만 **어떻게 해서 이곳에 오게 되었는가**는 아무리 머리를 굴려도 생각이 나지 않았다.
　히비키도 딱히 짐작 가는 구석은 없었다. 그녀는 어디까지나 쿠루미의 겉모습과 성격만 모방했다. 어떤 과거를 살아온 끝에 인계에 오게 되었는지는 히비키 자신의 과거를 지키기 위해 봉인해 뒀던 것이다.
　하지만, 쿠루미는 때때로 과거를 보았다.
　흐릿하고, 안타까우며, 눈물이 날 것 같을 정도로 기쁜 무언가를, 꿈에서 깨어났을 때처럼 잊고 만 무언가를…….
　아마, 그것은 **그 사람**과 연관이 있으리라.

　―소음이 신경 쓰이지 않는다.
　―평소 같으면 성가셔했을 인파가, 마치 기분 좋은 파도 같다.
　―그 사람은, 인상을 쓴 채 자신을 쳐다보고 있다. 마치 식인 상어와 마주친 것 같은 표정을 짓고 있는 그를 보니, 왠지 재미있었다.

―하지만 저런 반응을 보이는 것이 당연할지도 모른다.

―그에게 있어서 자신은 식인 상어다. 저러는 게 당연한 것이다.

―그래도, 그래도, 저는…….

"……쿠루미 씨, 이제 그만 갈까요?"

히비키가 그렇게 속삭이자, 쿠루미는 「예」 하고 살며시 고개를 끄덕였다.

환영은 이미 사라졌다. 그것을 아쉬워하고 있는 것은 시간 낭비나 다름없다.

"만나보죠. 예소드의 도미니언― 반오인이라는 분을 말이에요."

○반오인 미즈하

 건물의 겉모습과는 달리, 내부는 오피스 빌딩을 연상케 했다. 히비키는 고개를 갸웃거리면서 「전에는 좀 더 화려했던 것 같은데 말이죠」하고 중얼거렸다.

 경비를 담당한 이들로 보이는 준정령들은 동일한 디자인의 제복 차림으로 각자의 무명천사를 든 채 대기하고 있었다. 예소드는 평화로운 영역이지만, 역시 도미니언이 있는 장소는 경비가 꽤 엄중한 것 같았다.

 경비원이 건물 안으로 들어온 두 사람을 날카로운 눈길로 노려보았다. 쿠루미는 태연한 표정으로 빌딩의 접수처를 담당하고 있는 듯한 준정령에게 말을 걸었다.

 "반오인 양을 만나 뵙고 싶어요."

 —토키사키 쿠루미가 그렇게 말하자, 접수처의 소녀는 경계심 어린 눈길로 그녀를 노려보았다.

 "죄송합니다만, 약속을 하고 찾아오신 건가요?"

 "으음, 안 했어요. ……그래도 좀 부탁할 게 있어서 그러는데, 좀 만나 뵐 수 없을까요?"

 히비키가 머뭇거리면서 그렇게 말하자, 접수처의 소녀는 매몰친 목소리로 대답했다.

 "죄송하지만, 미리 약속을 잡고 찾아오신 분만 안으로 들이게 되어 있습니다. 팬레터라면 저쪽에 있는 상자에 넣어

주세요. 그리고 선물은 기본적으로 받지 않습니다."

히비키는 그 말을 듣고 머리를 감싸 쥐었다. 태도가 매몰찬 데도 정도라는 게 있는 법이다. 키라리 리네무가 도미니언이었던 시절에는 태도가 좀 더 상냥했다. 새로운 도미니언이 이렇게 시키는 걸까. 아니면 다른 이유가 있는 걸까.

아무튼, 이대로 있다간 성가신 상황이 벌어질 거라고 생각한 히비키는 쿠루미의 소매를 잡아당겼다. 하지만 쿠루미는 그런 히비키를 깔끔하게 무시했다.

"어머나, 곤란하게 됐군요. 하지만 저희는 무슨 수를 써서라도 그 분을 만나야만 한답니다. 이곳에서 다른 영역으로 가기 위해서는 도미니언의 허락을 받아야만 한다면서요?"

"……큭."

접수처의 소녀는 짜증을 내면서 눈을 가늘게 떴다.

"잘 들으세요. 저희는 지금 바쁘단 말이에요! 안 그래도 『아이돌 스타 페스티벌』 준비 때문에 정신이 없는데, 다른 영역에 가고 싶다 같은 **별것도 아닌** 이야기나 들어주고 있을 짬은 없다고요!"

"……어머나, 그렇게 바쁘신가요?"

"예! 그러니까—."

접수처 아가씨가 갑자기 말을 멈췄다. 쿠루미가 소환한 단총이 그녀의 가슴에 닿았기 때문이다.

"저기, 쿠루미 씨—?!"

히비키가 말렸지만, 쿠루미는 눈썹 하나 까딱하지 않았다. 경비원들이 허둥지둥 뛰어오고 있지만, 쿠루미는 다른 한 손에 쥔 장총으로 그들을 제지했다.

"입 다물고 제 말 잘 들으세요. 저희는 그저 반오인 양을 만나고 싶을 뿐이에요. 팬도 아니고, 간섭을 할 생각도 없으며, 이 영역에 혼란을 일으킬 의도조차 없죠. 저희는 그저…… 이곳을 지나서 다른 영역으로 가고 싶을 뿐이랍니다."

접수처 아가씨는 혼란에 빠진 채 얼어붙은 것처럼 꼼짝도 하지 않았다. 쿠루미는 히비키의 등골이 서늘해질 정도로 화를 내고 있었다— 아니, 초조해 하고 있었다. 목소리 톤은 낮았으며, 눈매 또한 전투 중일 때에 가까웠다.

히비키는 심호흡을 하며, 그 공포를 흘려 넘겼다.

토키사키 쿠루미, 무섭다. 하지만 두렵지는 않다. 히비키는 그렇게 생각하며, 그녀의 단총에 손을 얹었다.

"그 손, 치워주시면 고맙겠군요."

"그럴 수는 없어요. 저는 쿠루미 씨를 따라가기로 맹세했으니까요. 지금 총을 쏜다면, 쿠루미 씨는 저를 두고 혼자서 먼 곳으로 가버리고 말거잖아요?"

"……."

히비키는 쿠루미와 시선을 마주했다. 그녀의 슬픈 시선을 마주본 순간, 쿠루미의 분노가 희미하게 떨렸다. 하지만 일촉즉발의 분위기는 변함이 없었다. 그리고 유감스럽게도, 벌벌 떨고 있는 준정령들이 쿠루미를 막는 것은 불가능하리라.

《그만 하세요.》

그 때, 소리가 들렸다. 플로어 전체에 울려 퍼진 그것은 꽃처럼 가련한 목소리였다.

접수처 아가씨와 경비원들은 그대로 딱딱하게 굳었다. 쿠루미와 히비키도 예외는 아니었다. 왜냐하면 그 목소리는 귓가에서 속삭이듯 들려오고 있었던 것이다.

"미즈하 님?!"

《그녀와 이야기를 나누고 싶군요. 안내해 주세요.》

또 속삭임이 들려왔다. 경비원들은 당황하면서도 무명천사를 내렸다. 그리고 히비키가 소매를 잡아당기자, 쿠루미는 한숨을 내쉬면서 〈각각제(刻刻帝)〉을 집어넣었다.

"……안내하겠습니다."

접수처 아가씨가 자리에서 일어나더니, 구두 소리를 내면서 걸음을 옮겼다. 그녀의 시선은 쿠루미를 향하고 있지 않았다.

쿠루미를 두려워한다기보다, 무시하고 있다는 인상을 받았다.

"그럼 갈까요?"

"예."

그리고 당연한 것처럼, 무명천사를 거머쥔 경비원들이 쿠루미와 히비키의 주위를 빈틈없이 둘러싸고 있었다.

◇

"이곳에 계십니다."

접수처 소녀가 그렇게 말하면서 연 문의 너머는 일종의 전장이었다.

"전체 볼륨을 약간 낮춰 주세요. 희미하지만 소리가 일그러지고 있어요!"

"세 번째 곡 댄스의 세 번째 스텝이 약간 흐트러졌어요. 어려운 부분이니까 신경 쓰세요. 자, 다들 처음부터 다시 한 번 하죠! 백댄서는 너무 눈에 띄지도, 흐트러지지도 마세요!"

"영상 송신 담당, 방금 그 에러는 뭐야? 모니터는 누가 만든 건데?! 솜씨가 3류 수준이네!"

"뭐어?! 나는 책임감과 품질에는 정평이 나있거든?! 제대로 작동시키지 못한 거잖아! 영상 송신은 누가 담당하고 있는 거야?!"

"미즈하 씨~! 일단 그림자를 신경 써 주세요~!"

다들 콘서트장 세팅을 하느라 정신이 없는 것 같았다. 그런 콘서트장의 무대 한가운데에 한 소녀가 서 있었다.

"우와……."

히비키가 탄성을 터뜨리는 것도 무리는 아니었다.

아마 지금 하고 있는 것은 리허설, 즉, 사전 준비에 지나지 않는다. 그래서 그런지 몸에 걸친 영장도 간소했다. 무대 의상은 아닌 것 같으니, 아마 연습용이리라.

하지만, **그런데도 불구하고……**.

그녀는 미의 여신을 방불케 하는 존재감을 자아내며 그곳에 서 있었다. 히비키는 그제야 눈치챘다. 바쁘게 뛰어다니는 자, 지시를 내리는 자, 춤 연습을 하는 자, 그녀들 전원이— 무대 한가운데에 서 있는 그녀를 항상 쳐다보고 있다는 사실을 말이다.

가볍게 만 검은 머리카락, 수정 같은 눈동자, 빛나는 듯한 피부, 그리고 얼굴은 인형을 연상케 할 만큼 아름다운데도 무기질적인 느낌은 들지 않았으며, 생동감이 감돌았다.

눈을 뗄 수 없다.

매료되고 만다.

마음을 빼앗긴다.

확실히 그녀는 의심할 여지없는 아이돌이었다. 아름답고, 살아있는 우상(偶像)이었다.

"……반오인 미즈하 양, 맞죠?"

그러나 이 자리에 있는 이들 중 유일하게 쿠루미만은 그녀에게 매료되지 않은 채— 눈앞의 소녀를 한 사람의 적으로 여기며 노려보았다.

"예. ……흐음, **제가 이야기로 들었던 분과는 다른 분 같군요.**"

"다른 분? 그게 무슨 소리죠?"

"아무 것도 아니에요. 그것보다, 저에게 할 이야기가 있다면서요? 해보세요."

별의 속삭임 같은 목소리였다.

히비키는 허둥지둥 고개를 내저으면서 상대에게 매료되지 않도록 정신을 바짝 차렸다.

아마 이 자리에 있는 모든 이들이 반오인 미즈하의 신봉자^팬일 것이다. 만약 자신들과 적대관계가 된다면, 저들은 목숨을 걸고 싸울 것이다.

쿠루미는 천 개가 넘는 인형들과 싸우고도 지지 않았다. 하지만 자신이 신봉하는 아이돌을 위해 싸우는 준정령을 상대로도 과연 이길 수 있을까.

―히비키는 하던 생각을 잠시 멈추고 쿠루미를 쳐다보았다.

아까까지만 해도 초조함에 사로잡혀 있던 쿠루미는 여유로운 분위기를 자아내고 있었다. 목숨이 오가는 상황에서 그녀만큼 믿음직한 존재는 없을 것이다.

"단적으로 말씀드리죠. 저희를 이 예소드 밖으로 보내주셨으면 해요."

"왜 밖으로 나가려는 거죠?"

"건너편 세계로 귀환하기 위해서랍니다."

건너편 세계, 라는 단어를 쿠루미가 입에 담은 순간, 주위에 있던 이들이 술렁거렸다. 건너편 세계, 자신들이 원래 살고 있었던 현실세계. 왜, 어째서, 거짓말, 같은 중얼거림이 들려왔다.

"······이유를 여쭤도 될까요?"

"대답을 거부하겠어요."

뭐, 이런 자리에서 할 이야기는 아니지, 라고 생각하며 히비키는 볼을 실룩거렸다.

─좋아하는 사람이 있어서······.

─그래서 만나러 간다.

쿠루미의 목적은 결국 그것에 불과했다. 그리고, 그렇기 때문에 멋진 것이다.

"그렇다면 문을 열어드릴 수는 없군요. 이곳은 예소드. 약한 준정령들을 보호하는 유일무이한 영역. 다른 영역의 안정성에 대한 확신이 없는 한, 저에게는 도미니언으로서 이곳을 지켜야할 의무가 있어요."

정적이 흘렀다.

반오인을 둘러싼 스태프들도 초면인 토키사키 쿠루미가 지닌 광적인 측면을 느끼고 있었다.

살기와는 다른 무언가가 공기를 **탁하게** 만들고 있었다.

"목숨을 잃는 한이 있어도 열지 않겠다는 건가요?"

"예. 제 목숨을 내놓게 될지라도 말이죠. 물론 제 주위에 있는 이들의 목숨도 포함되어 있어요."

"……쳇."

그녀의 말에 쿠루미는 짜증을 내듯 혀를 한 번 찼다. 미즈하의 말을 듣고도 스태프들은 전혀 동요하지 않았다. 다들 눈을 반짝이며 그녀의 말에 귀를 기울이고 있었다.

"다들, 미안하지만 만일의 경우에는 잘 부탁드릴게요."

"예!"

"물론이죠!"

"당신을 위해서라면 뭐든 할 수 있어요!"

죽음의 공포보다, 그녀가 자신에게 의지해줬다는 것에서 비롯된 기쁨이 더 큰 것 같았다.

"그리고 너무 걱정하지는 마세요. 만일의 경우, 그렇게 될 수도 있다는 것이니까요. 토키사키 양은 그런 폭거를 저지를 분이 아니에요. ……다른 수단이 있다면 말이죠. ─안 그런가요?"

"예, 물론이죠. 다른 수단이 있고, 그것이 실행 가능하다는 전제하에서라면 말이에요. 저는 폭력사태를 좋아하지 않는답니다."

또다시 정적이 흘렀다.

히비키는 쿠루미의 자칭 파트너로서 할 말은 해야겠다고 생각했다.

"쿠루미 씨, 쿠루미 씨~. 설득력이 없어요. 저는 자주 깜

빡하지만, 쿠루미 씨는 분위기 자체가 무시무시하다고요. 이미지만 보면 번화가를 활보하는 조직폭력배 뺨쳐요."

"……어머, 어머. 충고해줘서 고마워요, 히비키 양. 나중에 방금 한 말에 대한 대가를 톡톡히 치르게 해드리죠."

"앞으로는 입조심 할게요!"

발을 밟히기는 했지만, 히비키는 쿠루미의 전의가 누그러든 것을 느끼고 안도했다. 까딱 잘못 했으면 이 자리에서 바로 사투가 벌어졌을 것이 틀림없다.

"……그런데, 뭘 하라는 거죠? 혹시 살해 의뢰인가요? 타깃이 고양이만 아니라면 들어드릴 의향이 있답니다. 뭐, 고양이는 이 세계에 존재하지 않는 것 같지만 말이죠."

미즈하는 쿠루미의 말을 듣고 고개를 갸웃거렸다.

"고양이는 안 되는 건가요? 아, 물론 이 예소드에 고양이는 없어요."

"예. 안 된답니다. 절대 안 된답니다. 그리고 고양이는 역시 없는 건가요? 실은 한두 마리 정도 몰래 기르고 있지 않나요?"

"저기~, 지금 중요한 건 고양이가 아니니까, 빨리 조건이나 들어보죠."

"이머, 히비키 양. 고양이가 중요하지 않다는 건가요? 그게 제 부하라는 사람이 할 말인가요?"

"부하가 아니라 파트너예요!"

"저기, 토키사키 양."

"어머, 역시 고양이가 있는 건가요?"

"아뇨. 고양이는 없어요. 그것보다— 아이돌이, 되어 보지 않겠어요?"

그 말은 쿠루미의 머릿속에 찬송가처럼 울려 퍼졌다.

즉, 상대방의 발언이 너무 장엄해서 무슨 소리인지 모르 겠다— 는 것이다.

"저기, 무슨 말씀이신지 잘⋯⋯."

"예소드는 아이돌과 아이돌 관계자들로 이뤄진 영역이죠. 이 영역에서 자신의 뜻을 관철하고 싶다면—."

미즈하가 잠시 눈을 감았다가 뜬 순간, 기타 연주 소리가 들려왔다. 반주 같았다.

"아이돌이 되어야만 해요."

"무슨 소리를 하는 건지 모르겠군요오오오오오?!"

쿠루미가 절규를 터뜨렸다.

"미즈하 님의 말씀이 옳아요."

"저희가 반할 정도의 아이돌이 되어 주세요!"

"외모는 반반하니 메이크업만 좀 해주면 괜찮을 거예요!"

"목소리도 좋으니 노래도 들어줄 만할 거예요."

"굳이 따지자면 좀 중2— 아, 그것도 매력 포인트가 될 수 있겠죠. 틀림없어요."

"제, 제가 아이돌……?"

솔직히 아이돌이 되자는 것은 히비키의 망언일 거라고 생각했다. 그녀가 말한 것처럼, 톱 아이돌이 된다면 이 영역에서 상당한 권력을 지니게 되는 것 같기는 했다.

하지만 이 영역을 통과하려는 것뿐인데 아이돌이 되어야 할 거라고는 생각도 못했다.

"……해보죠."

"예에~?"

느닷없이 들려온 갑작스러운 말에 쿠루미는 무심코 괴상한 목소리로 대꾸했다.

"어디 한번 해보자고요. 그쪽이 원하는 랭킹은 어느 정도죠?"

히고로모 히비키였다.

당당하게 앞으로 나선 그녀는 미즈하와 대치하며 그렇게 물었다. 그러자 미즈하는 눈을 약간 동그랗게 뜨더니, 곧 희미한 미소를 지으며 대답했다.

"장르는 뭐라도 상관없답니다. 랭킹S, 팬 2만 명 정도면 어떨까요?"

히비키는 고개를 저으며 반박했다.

"……솔로라도 S가 되려면 한 달은 걸려요. 하다못해 A, 5천 명으로 해주세요."

"AAA, 팬 1만 5천명은 어떤가요?"

"AA 랭킹, 팬 1만 명. 그 정도면 일주일 안에 겨우겨우 해낼 수 있을 거예요. 그리고 아마 쿠루미 씨가 아이돌 수행을 버텨낼 수 있는 건 일주일이 한계일 테죠."

"······좋아요. 그 조건을 받아들이겠어요."

쿠루미는 당사자인데도 불구하고 뭐가 어떻게 되고 있는 것인지 전혀 이해하지 못했다.

"저기, 히비키 양? 지금 무슨 소리를 하고 있는 거죠?"

히비키는 쿠루미를 향해 빙글 돌아섰다.

"쿠루미 씨, 일주일 정도라면 아이돌 수행을 견딜 수 있죠?"

"어? 예? 일주일? 수행?"

"예. 일주일 동안 쿠루미 씨는 아이돌 트레이닝을 해주셔야겠어요. 노래, 춤, 미소 같은 걸 연습하는 거죠. 그리고 『아이돌 스타 페스티벌』······ 통칭 아이페스의 AA랭킹 아이돌로서, 오디션 데뷔를 하는 거예요!"

눈부신 스포트라이트를 받고······.

화려한 의상으로 몸을 감싼 채······.

천사 같은 목소리로 노래를······.

"자, 쿠루미 씨! 한번 해보죠!"

그렇다. 아이돌이다.

"자, 자, 자, 잠깐만 기다려 주시겠어요?! 저, 저는 아이돌 같은 건, 좀―."

"걱정하지 마세요! 쿠루미 씨에게는 S랭크 아이돌이 될 소질이 있어요! S랭크가 되기 위해서는 한 달 동안 철저하게 트레이닝을 해야겠지만, 상대가 제시한 조건은 AA랭크 죠. 그 정도라면 일주일 만에 해낼 수 있어요!"

히비키는 힘찬 어조로 그런 말을 쏟아내면서 쿠루미를 압박했다.

마치 그녀의 몸에서 피어오르는 아우라가 보이는 것만 같았다.

"앗!"

바로 그때, 누군가가 탄성을 터뜨렸다. 쿠루미가 돌아보니, 아까 이야기를 나눴던 접수처 아가씨였다.

"저 분! **설마**……!"

"**설마**?! 사사키 양, 누구인지 아는 거야?!"

옆에 있던 경비원이 큰 소리로 물었다.

"저 분이야말로 전설의 S랭크 아이돌 육성 프로듀서! 그녀의 손을 거치고 S랭크에 도달하지 못했던 아이돌은 없어요! 모든 B랭크 아이놀의 구세주라고까지 불렸던 전설의 프로듀서! 히비P예요!"

그 순간, 미즈하의 주위에 있던 스태프들까지 술렁거렸다.

"마, 맙소사……."

"히비P……."

"그, 전설의……."

"울트라 아이돌 페스에서, 모든 육성 아이돌을 S랭크로 데뷔시켰던, 그 무시무시한……."

"나, 나, 아이돌에 재도전해볼까……. 경비원이 천직이라고 생각했지만, 어쩌면 아직 기회가 있을지도 몰라. 저 사람이 데뷔시킨 이들 중에는 경비원 아이돌도 있잖아!"

"앗, 치사해! 나도 할래!"

"나도 할 거야!"

"접수처 아가씨 겸 아이돌은 어떨까요?!"

쿠루미는 크게 놀란 표정으로 히비키를 쳐다보았다. —한편, 히비키는 영력으로 만든 선글라스를 쓰고, 의복 또한 정장으로 변형시켰다.

"아이돌…… 그것은 사람들에게 꿈과 꽃을 선물하는, 신성한 우상……. 자, 쿠루미 씨. 아이돌은, 바로 미소예요!"

히비키가 손을 쑥 내밀었다.

쿠루미는 히비키의 눈(선글라스를 썼지만)을 지그시 쳐다본 후, 천천히 심호흡을 했다.

그리고, 입을 열었다.

"너무 갑작스러운 전개라 뭐가 어떻게 되고 있는 건지 모르겠군요."

"그렇겠네요☆"

쿠루미는 주먹으로 자기 머리를 귀엽게 때리는 히비키가 왠지 밉살스러워 보였다.

◇

"그~러~니~까~, 저는 이래 봬도 예전에 여기서 꽤 잘 나가는 프로듀서였다고요."

히비키는 그렇게 말하면서 가슴을 쫙 폈다.

참고로 두 사람은 도미니언인 미즈하가 있던 부도칸(임시 명칭)에서 나와 지금은 근처에 있는 카페에서 이야기를 나누고 있었다.

카페지만 점원이 주문을 받으러 오지 않았다— 카페, 라는 장소 자체가 중요하기 때문이다. 두 사람은 자신이 상상한 음식물을 영력으로 만들어냈다. 히비키는 샌드위치와 홍차, 쿠루미는 설탕도, 우유도, 레몬도 들어가지 않은 홍차를 만들었다.

"아~, 잠시만요. 잠시만 기다려 주세요. 저는 얼마 전에 당신의 힘들었던 과거 이야기를 들었던 것 같거든요?"

쿠루미는 찻잔을 들며 두통을 참는 듯한 표정을 지으며 그렇게 말했다.

……쿠루미의 기억에 따르면, 히고로모 히비키는 자신의

인생(준정령이 살아온 과정을 인생이라고 부른다면 말이다) 대부분을 복수에 바쳤다.

"예, 그래요. 그리고 복수에 필요한 영정폭약(靈晶爆藥)을 대량으로 사기 위해 아르바이트를 했죠. 바로 이곳에서 프로듀서를 했었어요. 이야~. 프로듀서는 제 천직이었나 봐요. 아까 확인해보니, 제가 키웠던 아이돌들 대부분이 상위에 올라가 있더라니까요."

히비키가 부끄러워하면서 그렇게 말하자, 쿠루미는 어이없다는 표정을 지었다.

"천직이라면 그냥 여기서 살지 그랬어요……."

"여기서 살아봤자, 당시의 저에겐 아무런 의미도 없었을 거예요."

히비키는 빙긋 웃으면서 그렇게 대답했다. 그 말에는 왠지 기묘한 응어리 같은 것이 존재하는 듯한 느낌이 들었다. 쿠루미는 그제야 떠올렸다. 히비키는 자신이라는 존재 자체가 소멸될 위험까지 감수하며 복수를 해내려 했던 것이다.

"……그랬죠. 실언을 했군요."

"괜찮아요. 게다가 그 덕분에 쿠루미 씨에게 도움을 드릴 수 있게 되었잖아요. 결코 부질없는 시간은 아니었다고 봐요."

"그래요. 바로 그거예요."

"예?"

쿠루미는 귀엽게 고개를 갸웃거리고 있는 히비키를 손가

락으로 쿡 찌르면서 항의했다.

"제가 왜 아이돌이 되어야만 하는 거죠?!"

"그야 그게 가장 손쉬운 방법이니까요. 그리고 저 자신한 테 아이돌의 소질이 없다는 건 알고 있거든요."

"그럼 다른 사람을 스카우트하면 되잖아요?!"

"쿠루미 씨는 뭘 모르네요. 쿠루미 씨만큼 아이돌에 소질 이 있는 준정령은 흔치 않아요. 아까 부도칸에서 백댄서를 하고 있던 여자애들 있죠? 그 애들은 아마 죽어라 노력해봤 자 A랭크가 한계일 거예요."

"그래도 제가 되어야 하는 랭크보다 한 등급 아래 아닌가 요?"

"쿠루미 씨가 죽어라 노력한다면, 어디까지 갈 수 있을지 저도 몰라요. 그래도 S랭크까지는 분명 올라갈 수 있을 거 예요."

"……아이돌 같은 게 될 생각은 없답니다."

"에이~."

히비키가 말도 안 된다는 듯한 반응을 보이자, 쿠루미는 어험 하고 헛기침을 했다.

"다른 방법을 찾아보죠."

"결국 전부 피비린내 나는 방법으로 귀결될 걸요?"

"으……."

"재능이 있다면, 그것을 발휘해야만 한다고 저는 생각해요. 저기, **그 사람**도 아이돌 같은 걸 좋아하지 않았나요?"

쿠루미는 마시던 홍차가 목에 걸렸다(그런 느낌이 들었다).

좋아하는지, 싫어하는지로 따진다면— 아마 좋아할 거라는 생각이 들었다.

쿠루미가 이렇게 거부하는 것은 그저 부끄럽기 때문이다. 하지만 아이돌이 당연시되는 영역에서는 그런 부끄러움도 다소 완화되는 느낌이 들었다.

게다가 사방팔방을 둘러봐도 화려한 의상을 입은 아이돌들뿐이었다. 이성의 눈길이 없다는 점도 쿠루미로서는 바람직했다.

하지만…….

자신과는 인연이 없을 거라 단정 짓던 존재가 되라, 같은 말을 들으니 당혹스럽기만 했다.

히비키는 망설이고 있는 쿠루미를 압박했다.

"어떤가요?"

"윽!"

"어·떤·가·요!"

"으윽!"

그런 히비키에게 압도당한 쿠루미는 혼란스러운 머릿속을 정리하기 위해 또 입을 열었다.

"……으음. 애초에 랭크라는 건 대체 뭐죠? 그리고 아까 반오인 양이, 장르는 뭐라도 상관없다, 같은 말을 했었잖아요? 그 말에 대해서도 가르쳐 주세요."

"알았어요. 으음, 그러니까 말이죠……."

그렇게 히비키는 아이돌 랭크에 대한 해설을 시작했다.

기본적으로 아이돌은 가장 낮은 등급인 E랭크(이 영역에 들어온 직후에 봤던, 팬이 열 명 이하인 아이돌)에서 시작한다. 아이돌이 될 준정령은 각 프로듀서의 지시에 따라 레슨을 하며, 실력이 어느 정도 수준까지 올라갈지는 본인의 열의와 프로듀서에게 달려있다.

가장 낮은 등급이 E랭크이며, A랭크 이후에는 AA, AAA, S, SS로 이어진다. 최고 랭크는 SSS다. SSS랭크가 되기 위해서는 특수한 조건을 만족시켜야 하며, 토키사키 쿠루미는 그 조건을 만족시킬 수 없다고 한다.

하지만, 예외가 있다. 한 달에 한 번 열리는『아이돌 스타 페스티벌』, 줄여서『아이페스』에서는 신인이 오디션 형식으로 데뷔 무대를 가진다. 대부분 E, 혹은 잘해야 C랭크가 되지만— 극히 드물게, A랭크나 S랭크가 되는 괴물이 나타나기도 한다.

히비키가 모은 정보에 의하면, 반오인 미즈하도 그런 괴물 중 한 명이었다.

몇 달 진, 전대 도미니언이었던 키라리 리네무가 노래를 못하게 되었다. 그래서 새로운 도미니언의 선출을 겸해 개최된『아이페스』에서 열창을 한 반오인 미즈하는 S랭크에서

SS랭크로 올라섰다. 그리고 준정령들의 압도적인 지지를 받으며 도미니언 아이돌로서 당당하게 군림한 것이다.

"힘이 아니라 아이돌로서의 인기로 도미니언이 된 건가요?"

"예. 전투능력이라면 반오인 씨를 경호하는 사람들이 압도적으로 강할 거예요. 하지만 이 영역에서는 미즈하 씨가 도미니언이죠."

"하아……."

"정 내키지 않으신다면, 이 이야기는 그만할까요?"

"……아뇨, 계속해 주세요."

쿠루미가 걸려들었다고 생각한 히비키는 마음속으로 씨익 웃으면서 이야기를 이어나갔다.

아이돌에는 장르라는 것이 있다. 히비키는 이에 대해 설명했다.

우선, 러블리. 흔히 말해 정통파 아이돌이며, 귀여움을 강조한다. 큐트와 핑크, 리리컬한 이미지를 지닌 아이돌이다. 노래도 팝 계열이 많으며, 항간의 아이돌 중 절반 이상을 차지하고 있다. 아이돌로서의 정열과 사랑스러움을 원동력으로 삼으며, 그것만 있다면 스타일리시 이외의 모든 아이돌을 포괄할 수 있다. 그야말로 가장 인기 있는 장르다.

다음은 스타일리시. 멋있다, 라는 단어가 어울리는 아이돌을 가리킨다. 용모가 아니라 뛰어난 노래와 춤, 그리고 통일된 아름다움을 콘셉트로 삼는다. 러블리와 스타일리시는

대조적이며, 기술적으로는 스타일리시가 뛰어나고, 인기로
는 러블리가 뛰어난 경우가 많다고 한다.

"아하, 저는 스타일리시 아이돌로서 데뷔하는 거군요."

쿠루미가 납득했다는 듯이 고개를 끄덕이자, 히비키는 멍
헌 표정을 지으며 「예?」 하고 되물었다.

"자, 잠깐만 기다려주세요. 설마 저한테 러블리 장르를 노
리라는 건가요? 저도 저 자신을 잘 압니다. 솔직히 말해
러블리는 좀…… 좀…… 아, 방법이 그것뿐이라면…… 본의
는 아니지만 어쩔 수 없이……."

"예?"

"……예?"

잠시 동안 서로를 응시한 후, 히비키는 하아 하고 한숨을
내쉬면서 입을 열었다.

"쿠루미 씨가 되어야 하는 아이돌은 세 번째 장르인 『케이
오스』예요."

"흐음, 혼돈인가요. 케이오스란 어떤 아이돌이죠?"

"한 마디로 말해서……."

"예."

"별종이에요."

바람이 불었다.

살의로 가득 찬 바람이— 불었다.

〈자프키엘〉을 소환한 쿠루미가 히비키의 미간에 총을 겨

눴다.

"쏘, 쏘지 마세요~!"

"쏠 거예요. 반드시 쏠 거예요. 무슨 일이 있어도 쏠 거예요!"

"이럴 때는 「안 쏴!」라고 대답해줘야 하는 것 아닌가요?!"

"농담하지 마세요. 별종? 말도 안 돼요. 저는 스타일리시 아이돌로서의 활약을 희망하겠어요."

"아, 저기, 별종이라는 표현만 들으면 좀 그런 것 같지만, 케이오스 장르는 꽤 심오해요. 인형탈, 자칭 우주인, 자칭 노래의 왕자님, 노래를 너무 못 불러서 오히려 더 듣고 싶어지는 아이돌 등⋯⋯."

"너무 변변찮아서 어이가 없을 지경이군요."

"아, 그, 그래도, 엄청 중독성이 있어요! 한 번 먹어보면 그대로 빠져들고 마는 느낌이랄까요! 쿠루미 씨는 사디스트 중2병 밝힘증 처녀 노선으로 가는 게 가장─."

"누가 사디스트 중2병 밝힘증 처녀라는 거죠?"

"초, 총 좀 치우세요~! 이 예소드에서는 전투가 금지되어 있단 말이에요!"

"아무튼, 스타일리시로 가겠어요. 그것만큼은 절대 양보할 수 없어요."

"으으⋯⋯ 뭐, 스타일리시로도 어찌어찌 될 것 같기는 하지만⋯⋯ 쿠루미 씨가 가장 빛날 수 있는 장르는 분명 케이오스인데⋯⋯ 그것보다⋯⋯."

히비키는 갑자기 표정을 바꾸고 말을 이었다.

"아이돌을 해볼 건가요?"

침묵— 아니, 유심히 들어보니 「으으으으으으으으……」 같은 낮은 신음이 들려왔다.

토키사키 쿠루미는 현재 고민에 빠져 있었다.

"제 생각에는 말이죠~. 아이돌이 된다면 귀여움이나 멋짐 같은 것을 효과적으로 어필하는 능력을 단련할 수 있을 거라고 생각해요."

그리고 히비키의 그 발언이 쿠루미를 더욱 몰아붙였다.

"으……."

"확실히 쿠루미 씨의 목적과는 직접적인 연관이 없을지도 모르지만— 어떻게 하실래요?"

그것은 악마의 속삭임이나 다름없었다.

쿠루미는 낮은 신음을 흘리며 손발을 버둥대, 두 손으로 얼굴을 감싼 끝에, 작디작은 목소리로 말했다.

"아이돌을, 해보겠어요."

히비키는 「좋았어!」 하고 외치면서 주먹을 말아 쥐었다.

이리하여, 아이돌— 토키사키 쿠루미가 이 자리에서 탄생했다!

"그럼 우선, 레슨을 하죠!"

"레슨⋯⋯."

"예. 비어있는 레슨장을 빌린 다음, 당분간 거기서 트레이닝을 하는 거예요. 스타일리시 아이돌의 생명은 절도 있는 댄스와 뛰어난 노래니까요."

"곡은 이제부터 만드는 건가요?"

"아뇨. 저희가 참가하는 건 신인 오디션이니까, 장르별로 과제곡이 정해져 있어요. 참가자들은 한 명씩 그 곡에 맞춰 춤추고, 노래하죠. 그리고 그걸 통해 랭크가 정해진답니다."

"즉, 일주일 동안—"

히비키는 만면에 미소를 지으며 고개를 끄덕인 후, 얼굴이 완전히 핼쑥해진 쿠루미에게 사형 선고를 내리듯 이렇게 말했다.

"예. 일주일 동안 그 한 곡을 죽어라 연습하는 거예요!"

두 사람이 카페를 떠난 후, 그 어떤 소리나 기척도 내지 않으며 한 소녀가 모습을 드러냈다. 마치 유령 같지만, 그녀가 지닌 무명천사는 유령에게 어울리지 않을 만큼 흉악했다.

사람의 머리를 박살내기 위한 전투용 대형 망치. ^{그레이트 워해머}

인간을 베고 꿰뚫기 위한 대형 창. ^{그레이트 스피어}

그 무명천사의 이름은 〈천성랑(天星狼)〉. 수많은 무명천 사 중에서도 최강이라 불리는 존재다. 그리고 그것을 지닌

자는 통칭 『비스킷 스매셔』— 준정령을 비스킷 부수듯 간단
히 파괴한다고 해서 붙은 별명이다.

"찾았다."

그 준정령의 이름은 『창』—.

그녀는 표적으로 삼은 사냥감을 절대 놓치지 않는다.

설령, 다른 영역으로 갈지라도 말이다.

◇

아이돌 레슨은 확실히 혹독하기 그지없었다.

노래를 하면서 춤추고, 춤추면서 노래한다.

또한 조금도 흐트러져선 안 되는 데다, 가사를 생각해서
도 안 된다. **목소리는 자연스럽게 흘러나오는 것, 음색은 자
연스럽게 자아내는 것, 즉, 노래에 휘둘려선 안 된다.**

하염없이 지겨운 트레이닝을 반복하며, 언제 어디서 느닷
없이 문제가 발생하더라도 바로 대처하기 위한 재치를 갈고
닦는 것이다.

"저기—."

땀으로 범벅이 되면서도, 열심히 춤을 췄다.

평소의 영장 차림으로는 땀을 많이 흘렸을 때 성가실 것
같았기에, 쿠루미는 현재 평범한 티셔츠와 면바지를 입고
있었다. 평소 같았으면 맹렬하게 항의를 했을 정도로 수수

한 복장이지만, 레슨 중에는 이야기가 달라진다.

정장 차림으로 반복 연습을 하는 건 꽤 부끄러우니까 말이다.

정식 영장은 나중을 위해 아껴두기로 했다. 그리고 그 나중에 대비해, 지금은 하염없이 연습을 해야 한다.

"뭐 할 말 있나요~?!"

"히비키 양의 지시에 순순히 따르려니, 솔직히 말해 스트레스가 쌓이는군요."

"와아~, 정말 솔직한 발언이네요!"

쿠루미는 표정을 감추면서 투덜거렸다. 히비키가 자기 입으로 말했던 것처럼, 그녀의 프로듀서(하지만 매니저나 트레이너가 해야 할 일 같은 것도 전부 그녀가 도맡아서 했다)로서의 수완은 대단했다.

─쿠루미 씨는 이러이러한 심정으로 노래를 했죠? 하지만 곡을 만든 사람의 해석은 저러저러할 거예요.

─아, 이 순간의 스텝이 약간 뒤처지면 보는 사람들이 불쾌감을 느끼니 주의해 주세요. 자, 이 재현 영상을 보세요. 어때요? 불쾌하죠?

─각 파트가 어느 정도 다듬어졌으니, 전체적인 테마를 생각해보죠! 쿠루미 씨는 원래 케이오스 아이돌 타입이라서 통일된 완벽한 아름다움 같은 건 좀 맞지 않아요. 하지만

그런 부분은 영장을 일시적으로 변경해서 충분히 보완해줄 수 있을 거예요. 우선 영장 디자인을 열 개 정도 생각해뒀으니까, 같이 골라 봐요.

혀를 내두르다, 라는 말은 이럴 때 쓰는 것이리라.

아무튼 유능했다. 쿠루미는 레슨 도중에 틈틈이 혼자서 마을에 나가 아이돌들의 레슨 풍경을 살펴봤다.

대부분 「무턱대고 춤 연습 및 노래 연습을 열심히 한다」 정도의 수준이었으며, 자신처럼 고차원적인 레슨을 받고 있는 아이돌은 거의 없었다.

물론 예외도 있었지만, 그녀들은 이미 데뷔를 마친 톱 아이돌들이었다.

그녀들과 같은 수준의 고차원적인 레슨을 받고 있다― 는 점이 쿠루미의 자존심을 만족시켜줬다. 그리고 그 덕분에 그녀는 열정적으로 레슨에 임했다.

날이 갈수록 자신과 곡이 일체화되는 것이 느껴졌다. 하지만 이 경지에 도달하자, 이번에는 예전에는 신경 쓰이지 않았던 부분이 신경 쓰이기 시작했다.

"히비키 양, 가사의 해석이 제 생각과는 다른 것 같은 느낌이 드는군요."

"우와, 가사의 해석을 걸고넘어지는 건가요. ……아, 죄송해요. 쿠루미 씨를 바보 취급한 건 아니에요. 솔직히 말해,

레슨을 시작하고 나흘 만에 여기까지 도달한 아이돌은 흔치 않거든요."

쿠루미 또한 그럴 거라고 생각했다. 춤과 노래, 곡이 자신의 것이 되었다고 생각한 그녀는 가사의 내용을 음미해봤다. 그리고 그 내용이 자신의 생각과 전혀 다르다는 사실을 눈치챈 것이다.

"아무튼, 해석 말인데……."

"무리예요. 쿠루미 씨는 이 곡에 영원히 납득하지 못할 거예요."

"어째서—."

그 순간, 쿠루미는 그제야 깨달았다.

"예. 쿠루미 씨가 무슨 생각을 하고 있는지 알아요. 이 곡은 스타일리시를 위한 곡이죠. 완벽한 아름다움, 완벽한 외모. 그런 것을 추구하자, 목표로 삼자, 같은 생각을 지닌 아이돌을 위한 입문곡이에요. 그러니, 케이오스가 적성에 맞는 쿠루미 씨와는 출발점부터 다르죠."

"아……."

"이제 와서 케이오스로 변경하는 건 솔직히 무리예요. 스타일리시 아이돌로서의 토대 부분은 어느 정도 완성됐지만, 장르를 변경하려면 그 토대를 완전히 파괴해야만 하거든요."

케이오스는 확실히 별종이며 버라이어티하지만, 그 심연에 존재하는 것은 인간의 혼돈이다. 호의, 악의, 사랑, 혐오, 좋아하고 싶다, 사랑해줬으면 한다, 착한 사람이고 싶다, 사악하고 싶다, 그런 다양한 감정을 뜨거운 열기에 사로잡힌 채 내뿜는 것이다.

"저로서도 내키지는 않지만, 그 점은 신경 쓰지 말아 주세요."

"아이돌도 참 고생이 많네요."

"살면서 고생을 안 하는 사람이 어디 있겠어요."

히비키의 말에는 실감이 어려 있었다.

예소드에서는 한 달에 한 번, 햇병아리 아이돌들이 날아오른다. 그녀들은 레슨을 통해 자신의 자질에 각성하고, 세 개의 장르 중 하나를 골라서 데뷔한다.

하지만 데뷔 무대를 성공적으로 치렀다고 해서 그것으로 끝은 아니다. 그때부터 그녀들은 열심히 팬들에게 호소한다.

자신의 노래를 들어달라고 말이다.

그것을 통해, 그녀가 이 인계에서 살아갈 수 있는지 없는지가 결정된다.

건너편 세계에 대해 상세하게 기억하고 있는 이는 흔히 이렇게 말한다.

—결국, 여기나 건너편 세계나 다를 바 없다.

—왜냐하면, 살기 위해서는 어떤 식으로든 싸워나가야만

하니 말이다.

　나태는 용납되지 않는다.
　체념은 죽음보다 무섭다.
　까딱 잘못하면 과거의 히비키, 혹은 쿠루미처럼 빈껍데기
가 되어, 무기력하게 이 세상을 돌아다니기만 할 것이다.
　겉도, 속도 화려해야 한다.
　소녀들은 자신의 존재를 증명하기 위해 노래하고 춤추는
것이다.
　"……자, 드디어 이 날이 왔군요. 쿠루미 씨, 긴장했나요?"
　"아뇨. 눈곱만큼도 안 했답니다."
　심호흡을 연이어 하고 있는 쿠루미가 그렇게 말하니 전혀
설득력이 없었다.
　쿠루미의 영장은 히비키에 의해 일시적으로 개량되었다.
푸른색을 베이스로 한 화려한 의상에서는 아이돌다운 느낌
이 물씬 풍겼다. 그녀는 히비키와 함께 개인실에서 차례를
기다렸다.
　평소 항상 자신만만하던 쿠루미가 어찌된 영문인지 한껏
긴장해 있었다. 자신이 제삼자에게 사랑받는 타입이 아니라
는 것은 자각하고 있다. 하지만 스타일리시 아이돌이기 위
해서는 남들이 동경심을 느끼게 해야 한다.
　성공 가능성은 5할 정도일 것이다.

"쿠루미 씨라면 해낼 수 있어요."

"그렇죠? 저는 열심히 연습을 해왔으니까요."

겨우 일주일 동안이기는 하지만, 댄스와 노래는 완벽하다고 해도 될 만큼 익혔다. 적어도 현재 자신이 가능한 최상의 수준까지 끌어올렸다― 고 생각한다.

"엔트리 넘버 13번. 토키사키 쿠루미 양, 나와 주시죠~!"

사회자인 준정령의 목소리가 들렸다.

쿠루미는 자리에서 일어나 〈자프키엘〉을 소환했다. 그리고 단총의 총구를 자신의 관자놀이에 댔다.

"자, 잠깐만, 뭘……?!"

히비키가 허둥지둥 말리려 했지만, 쿠루미는 한 치의 주저도 없이 방아쇠를 당겼다.

찰칵.

하지만 히비키가 상상했던 굉음이 아니라, 그저 격침(擊針)이 부딪치는 희미한 소리만이 들렸다.

"자, 기합이 들어갔어요."

"기합을 넣을 때마다 자기 머리에 총을 쏠 건가요……. 간 떨어질 뻔 했잖아요."

쿠루미는 자신만만한 미소를 지었다.

"예, 그래요. 이것도 엄연한 전쟁^{데이트}이니까요."

"그런 전쟁^{데이트}이 아니라, 이런 전쟁^{라이브}인데…… 뭐, 쿠루미 씨가 긴장을 푼 것 같으니 됐어요."

"그럼 이만 가볼게요."

쿠루미는 귀엽게 손을 흔든 후, 무대로 뛰어올라갔다.

이제 히비키가 할 수 있는 일은 없다. 그저 기도하는 심정으로 쿠루미를 응원할 뿐이다.

히비키는 자기 차례가 끝난 아이돌들을 쳐다보았다. 다들 고개를 푹 숙이고 있거나, 불안에 사로잡혀 있었다. 외모는 각양각색이지만, 다들 전형적인 러블리, 혹은 전형적인 스타일리시에서 벗어나지 않았다.

그들 중에서 가장 빛나고 있는 준정령조차도 잘 쳐준들 B랭크다. 이번에 토키사키 쿠루미가 출전했으니, B랭크 이하는 전원 한 랭크씩 낮아질 것이다.

한 사람의 재능이 압도적일 때, 그 사람보다 못한 재능의 소유자는 그 재능에 놀라 웅크리거나 죽을힘을 다해 노력하는 수밖에 없다.

하지만 그 노력이라는 것은 보통내기가 아니다. 노력은 달콤한 속삭임이자, 나태와 절망의 함정이기도 한 것이다.

『이만큼 열심히 했으니까, 자신은 보답 받을 것이다.』

『이렇게 노력했으니까, 좋은 결과가 나올 것이다.』

그렇지 않다. 노력은 어디까지나 과정에 지나지 않다. 마라톤은 완주를 해야 결과가 나오며, 도중에 탈락해선 결과가 나오지 않는다.

……그렇다고 해서, 노력하지 않아도 되는 것은 아니다.

잔꾀를 써서 골에 도착하는 것은 불가능하니까 말이다.

더구나 부정행위를 할 여지가 없는 싸움에서는 더욱 그렇다. 행운, 악운도 포함해 자신의 힘으로 팬의 마음을 움켜잡아야 아이돌이라 할 수 있는 것이다.

"그럼 토키사키 양, 과제곡인 『Blue Bride』를 불러 주십시오~!"

노래가 시작됐다.

영장을 개량한 쿠루미는 어두운 톤으로 노래를 불렀다. 히비키는 조금 전에 스타일리시의 과제곡을 불렀던 신인 아이돌들을 쳐다보았다.

그들은 모두 아연실색, 이라는 말에 딱 들어맞는 표정을 짓고 있었다. 표정만 봐도 패배를 인정하고 있다는 것을 알 수 있었다. 잔혹하기는 하지만, 이 정도 좌절로 무너질 거라면 아이돌에 적성이 없다고 해도 과언이 아닐 것이다. 무의식적으로 주먹을 말아 쥔 두 준정령은 뛰어난 아이돌이 될 것이다.

아무튼, 히비키는 이 정도면 괜찮을 것 같다고 생각하며 가슴을 쓸어내렸다. 쿠루미는 마지막 차례이니, 그녀보다 뛰어난 아이돌은 이번에 존재하지 않는 것이다.

그녀들의 꿈을 무너뜨리는 게 미안하지만, 쿠루미도 커다란 꿈을 짊어지고 있다.

그리고 그런 쿠루미를 응원하기로 결심한 히비키는 인정사정없었다.

푸른 밤에 애타게 기다리고 있어
이 마음의 구멍을 메워줄 사람
슬픔만이 남아있지만
나는 그저, 계속 기다릴 뿐이야―

"가사가 정말 어울리지 않네요. 뭐, 눈치챈 사람은 저뿐이겠지만요."

히비키는 하아 하고 한숨을 내쉬었다. 토키사키 쿠루미에게는 기다린다는 말이 정말 어울리지 않았다.

그녀는 용맹하면서도 과감하게, 혹은 우아하면서도 화려하게 상대를 궁지에 몰아넣는다. 그리고 상대를 자신에게 반하게 만드는 것도 잊지 않는다. 상대를 유혹하면서도, 상대에게 유혹해달라고 애원한다.

시계처럼 정밀하지만, 그 사랑은 고장 난 시계처럼 어긋나 있었다.

그런 혼돈이 그녀에게는 가장 어울리지만…….

"뭐, 이 정도로도 충분하겠죠. 역시 저는 대단하다니까요!"

다행히 쿠루미의 외모와 영장은 철저한 케이오스 타입이 아니며, 스타일리시에도 어느 정도 부합됐다.

가창력과 댄스는 철저한 트레이닝 덕분에 거의 완벽했다. 거의, 라는 말이 붙은 건 장르적으로 맞지 않는 댄스 파트가 존재하기 때문이다.

하지만 다른 정령들이 60퍼센트라면, 토키사키 쿠루미는 90퍼센트에 가까운 완성도를 자랑했다.

질 요소라고는 눈곱만큼도 없다.

……어?

히비키는 갑자기 생각에 잠겼다.

질 요소라고는 눈곱만큼도 없다. 라는 말은 영락없는 사망 플래그다.

하지만, 지금 이 상황에서 질 가능성은—.

"멋진 아이돌 파워였어요! 토키사키 쿠루미 양, 감사합니다!"

히비키가 멍하니 생각에 잠겨있는 사이, 그녀의 노래가 끝났다.

"그럼 여러분, 지금부터 팬 파워와 관객 여러분의 지지를 통해 이번에 데뷔한 아이돌들의 초기 아이돌 랭크를 결정……어, 뭐?"

사회자가 힘찬 목소리로 공연이 끝났다는 선언을 하려던 순간, 느닷없이 뛰어온 준정령이 사회자에게 귓속말을 했다.

"뭐? 한 명 더 남아있어? 어, 하지만 리스트에는…… 뭐, 도중 참가? 응, 알았어!"

사회자가 마이크를 스탠드에서 분리하며 낮은 목소리로 중얼거리는 모습을 본 순간…….

"아, 이건 골치 아픈 패턴이네요."

히비키는 그 사실을 깨달았다.

"어, 어찌어찌 잘 부르기는 했네요……."

무대 위에서는 끝까지 여유롭게 보이려고 연기를 했지만, 이제 한계다. 쿠루미는 무대 뒤편에 오자마자 털썩 주저앉았다.

"괜찮아?"

흐릿해진 시야의 밖에서 목소리가 들려왔다. 아무래도 쓰러진 자신을 걱정해 주고 있는 이가 있는 것 같았다. 쿠루미는 상냥한 아이돌도 있구나, 하고 마음속으로 생각했다.

"예, 괜찮답니다. 전력을 다해 춤을 춘 바람에 지친 것 뿐이니 걱정하지 마세요."

"그래. 전력을 다했구나."

"예, 최선을 다했답니다."

히비키가 말한 케이오스 장르가 아니라 스타일리시 장르였으니 엄밀하게 따지자면 전력을 다했다고 할 수 없다. 그래도 열심히 춤과 노래를 선보인 것은 틀림없다.

"그래. 이게 네 녀석의 전력이구나."

"네 녀석?"

쿠루미는 그제야 자신에게 말을 건 상대의 얼굴을 쳐다보았다.

—어?

"그럼, 전력을 다해 박살내주겠어." ^{비스킷 스매시할 거야}

"차…… 차…… 창 양?!"

토키사키 쿠루미의 앞에 나타난 이는, 과거의 그녀— 가 아니라 히고로모 히비키가 변신한 토키사키 쿠루미와 사투를 펼쳤지만 끝내 결판을 내지 못했던 준정령이었다.

배틀 마니아, 전쟁광(warmonger) 등의 명예로운 호칭으로 불리는 전력 돌격 준정령…… 그녀는 바로 창이었다.

아니, 문제는 그런 게 아니다. 물론 그녀와 마주치면 싸우게 될 것이 뻔하기 때문에 가능하면 만나고 싶지 않은 상대지만, 그것보다……

"그, 그 영장은 대체 뭐죠?!"

"특별히 맞춰줬어."

창은 빈약하기 그지없는 가슴을 쫙 펴면서 그렇게 말했다. 푸른색과 흰색을 베이스로 한 점은 예전 영장과 같지만, 기존의 영장을 최대한 개량, 아니, 이 곡을 위해 처음부터 새로 맞췄다고 해도 과언이 아닐 정도로 그녀에게 잘 어울렸다.

"어? 자, 잠깐만 있어 보세요. 설마, 이 자리에서 싸우자는 건가요?"

창은 고개를 끄덕였다.

"그래. 싸우자. 아이돌로서 싸우자. 우연히도, 내 과제곡도 『Blue Bride』. 스타일리시 아이돌간의, 공평한 승부. 나는, 지지 않아."

"어? 그런 식의 싸움도 괜찮은 건가요?"

"이 세상에는, 별의별, 싸움이 있어. 이기면 충신, 지면 역적. 그게 말쿠트에 존재하는 준정령의 마음가짐, 이라고 사부가 말했어."

"당신의 사부라는 사람한테 클레임을 걸어도 괜찮을까요?"

"환불기간은 이미 지났습니다."

창은 딱 잘라 그렇게 말한 후, 가벼운 발걸음으로 무대를 향해 나아갔다.

"쿠루미 씨~!"

그때 히비키가 허둥지둥 이쪽으로 뛰어왔다.

"히비키 양, 느닷없이 복병이 튀어나왔답니다."

"그, 그게 문제가 아니에요. 큰일 났어요. 완전 난리 났다고요. 장난이 아니란 말이에요."

"하아…… 뭐가 큰일 났다는 거죠?"

"우신, 창 씨의 역량은 쿠루미 씨에게 버금가요."

"……**우선**, 이라고요?"

쿠루미는 그 말에 표정을 딱딱하게 굳혔다. 역량이 비슷하다면, 나중에 무대에 오른 이가 압도적으로 유리하다. 그것은 승부의 철칙이다.

"그리고 말이죠, 창 씨는 이름만 봐도 알 수 있듯이 이 곡에 가장 잘 어울리는…… 즉, 스타일리시 장르의 아이돌이에요."

"……윽!"

쿠루미는 숙녀답지 않은 비명을 지를 뻔했지만, 소리가 입에서 튀어나오기 전에 참았다.

"그리고, 이게 결정타인데…… 저, 저 영장 말인데요."

"저 영장이 어쨌다는 거죠? 화려한 의상이긴 한데……."

"도미니언인 반오인 씨의 의상 디자인을 담당하는 준정령의 작품일 거예요."

그 말을 들은 순간, 쿠루미는 현기증이 났다.

"그럼 창 양. 힘차게 시작하시죠~!"

히비키와 쿠루미는 허둥지둥 무대 뒤편에서 창을 살펴보았다.

"와아……."

"와아~."

쿠루미와 히비키가 한 목소리로 탄성을 질렀을 만큼, 창은 빛나고 있었다.

나의 마음을 푸른빛에 빠뜨린 채
전부 다 앗아가진 마
이 달빛만은 남겨줘

　깊은 정념(情念)이 묻어나지만, 그 감정에 뒤따르는 원한
은 느껴지지 않았다.
　기계적일 정도로 정밀한 그녀의 춤과, 최선을 다하고 있는
건지도 알 수 없는 그녀의 표정, 그리고 때때로 섞이는 날카
로운 시선.
　반오인 이후로 이렇게 완벽한 스타일리시 아이돌이 등장
한 적이 없기 때문일까, 토키사키 쿠루미가 자아낸 임팩트
는 순식간에 불식되고 말았다.
　"어어어어어……."
　히비키가 명백하게 당황한 가운데, 쿠루미는 자신의 관자
놀이를 손가락으로 세게 눌렀다. 알기 쉽게 설명하자면…….
　"머리가 지끈거리는군요……."
　창의 등장이라는 성가신 트러블 발생에, 쿠루미는 탄식을
터뜨렸다.

◇

　사회자가 노래를 마친 창에게 서둘러 다가갔다.

"저, 저기!"

"……왜?"

"멋진 공연을 선보여 주셔서 감사합니다!"

"나는 이기기 위해서, 과제곡을 불렀을 뿐이야. 고마워할, 필요 없어."

그렇게 말하며 의기양양하게 콧김을 뿜은 창이 으스대며 무대 뒤편에 있는 자신을 쳐다보자, 쿠루미는 약간, 꽤, 엄청 짜증이 났다.

"이기기 위해서……?"

"그래. 내가 이겼어. 이걸로 굴욕은, 약간 가셨어."

사회자는 더 캐물어봤자 좋지 않을 거라는 사실을 본능적으로 깨달은 건지, 허둥지둥 관객들을 향해 외쳤다.

"그럼 여러분! 이번 달에 데뷔한 신인 아이돌들의 랭크를 발표하겠습니다. 팬 파워와 관객의 열광에 따라 측정된, 엄밀하고 공정한 랭킹! 자, 보시죠!"

예상한 바이기는 하지만, 결과를 본 두 사람은 고개를 푹 숙였다.

토키사키 쿠루미의 랭크는 A. 관객 숫자는 8,036명(팬 파워 포함). 그리고 창의 랭크는 바로 S, 관객 숫자는 25,106명. 싱글, 그리고 데뷔 무대로서는 도미니언의 자리까지 올라간 키라리 리네무와 반오인 미즈하 못지않은 쾌거였다.

"좀 비겁하지 않나요?"

"뭐, 뭐어…… 좀 비겁하긴 했네요."

두 번째 방문에서는 미즈하가 미리 말을 해둔 건지 제지를 당하지 않았다. 그리고 예의 그 부도칸과 비슷한 형태의 콘서트장에서 준정령들에게 둘러싸여 있는 반오인 미즈하에게, 두 사람은 그렇게 말했다.

그녀는 난처해하는 것 같으면서도 상냥한 눈길로 두 사람을 응시했다.

"너무 그러지 마세요. 그녀의 실력은 진짜로 대단해요."

"의상 부분에서 도움을 준 건요?"

히비키가 그 점을 지적하자, 미즈하는 고개를 저으며 대답했다.

"어울리는 의상을 준비해 주자고 생각했을 뿐이에요. 설령 그 영장이 없었더라도, 그녀는 분명 토키사키 양에게 승리했을 테죠. 틀림없어요. 당신도 그렇게 생각하지 않나요?"

"윽! 그건…… 그러니까……."

히비키는 말문이 막혔다. 미즈하의 말이 옳았다. 장르가 케이오스였다면 분명 대등한 승부를 펼칠 수 있었겠지만, 쿠루미의 요청에 따른 게 실수였다. 아니, 그래도 거의 완벽했다. 하지만 더 대단한 인재가 나중에 등장한 것이다.

"여러분이 고를 수 있는 선택지는 두 개예요. 하나는 이대로 아이돌 활동을 하면서 AA랭크 승격을 노릴 것. 다른 하나는 일단 아이돌을 은퇴한 후, 다음 달에 다시 데뷔하는 거죠."

히비키는 난처한 표정을 지었다.

"첫 번째가 확실한 방법이지만, AA랭크로 승격하려면 석 달은 걸릴 거예요. 두 번째, 그러니까 다시 데뷔한다면 남들이 색안경을 끼고 볼 수 있어요. 랭크가 더 떨어질 가능성도 있고요."

"석 달과 한 달…… 어느 쪽을 선택하든 한동안 이곳에 머물러야겠군요."

쿠루미는 땅이 꺼져라 한숨을 내쉬었다.

두 사람이 고개를 푹 숙인 채 돌아가자, 미즈하의 매니저인 준정령이 의아한 표정을 지으며 미즈하에게 말을 걸었다.

"그 이야기를 들으면서 느낀 인상으로는, 실력행사로 나올 거라고 생각했어요."

"그렇게 됐다면 상당한 피해를 각오해야만 했겠죠. 혹은 당신들을 죽인다고 협박했을지도 몰라요."

"저희는 당신을 위해서라면 이 목숨을 얼마든지 버릴 각오가 되어있습니다만—"

"목숨을 가볍게 여기지 마세요. 뭐, 언니라면 기뻐했겠지만 말이죠."

"미즈하 님……."

소녀들의 눈가가 촉촉이 젖었다. 그 모습을 본 미즈하는 미소를 짓더니, 자신의 무명천사가 지닌 힘을 펼쳤다.

"자…… 저 두 사람이 어떻게 나올지는 모르지만, 일단 연락을 해둬야겠네요."

○키라리 리네무

두 사람은 이전에 갔던 카페로 향했다. 그곳에서 앞으로 어떻게 할지 이야기를 나눌 생각이었지만, 그녀들은 꽤 무거운 분위기에 휩싸여 있었다. 해질녘이 되자 라이브도 얼추 끝났는지, 카페는 꽤 붐비고 있었다.

"어떻게 할까요?"

"석 달…… 동안 아이돌 활동을 해야겠죠."

상당히 긴 시간이라고 생각한다. 건너편 세계와 이쪽 세계가 시간의 흐름이 다를 가능성도 있지만, 그렇다 해도 석 달이라는 시간은 길었다. 석 달 동안 그 사람과 만나지 못한다는 크나큰 슬픔에 짓눌려버릴 것만 같았다.

게다가 그동안 스타일리시 아이돌로서 남들에게 댄스와 노래를 선보이며, 팬을 모으는 노력을 계속해야만 하는 것이다.

"쉽지 않을 거예요. 경우에 따라서는 반 년 넘게 걸릴지도 몰라요……."

"은퇴를 한 다음, 다시 데뷔하는 건 어떤가요?"

"그건 더 어려울 거예요. ……창 씨가 난입했다고는 해도 Λ랭크가 될 수 있었던 건, 쿠루미 씨에게도 충분한 임팩트가 있었기 때문이에요. 그게 남들의 뇌리에서 지워지고, 새로운 모습으로 다시 데뷔를 하기에는 한 달은 좀 짧아요."

"케이오스로 장르를 바꿔도 그런가요?"

"그래도 확률은 반반이에요. S랭크가 될 수 있을지도 모르지만, 그래도 두 달 연속 데뷔는 좀……."

"사면초가, 인 거군요."

쿠루미가 그렇게 중얼거린 후, 두 사람이 침묵에 잠긴 바로 그때였다.

"사면초가야~!"

……라는 목소리가 들려왔다. 두 사람은 반사적으로 그 목소리가 들려온 곳을 향해 고개를 돌렸다.

"이, 이제 다 틀렸어! 노래를 못하겠어! 노래를 하려고 하면 기분이 나빠지면서 구역질이 나! 동정심으로 가득 찬 팬들의 따뜻한 시선을 받는 것도 싫어~!"

카페에서 큰 목소리로 구역질, 같은 말을 입에 담은 금발 소녀가 흐느끼며 엎드렸다. 하아~ 하고 한숨을 내쉬며 그 광경을 지켜보고 있는 이는 옅은 붉은 색을 띤 머리카락을 지닌 소녀였다. 연약한 동물을 연상케 하는 용모, 그리고 투명한 목소리로 볼 때— 아이돌이 틀림없었다.

"하지만 말이죠, 선배. 노래를 안 하면 엠프티가 되어버려요. 이 애처럼요."

붉은 머리카락을 지닌 소녀는 자신의 등 뒤에 서 있는 소

녀를 가리켰다.

허무의 정수. 준정령이 도달할 미래, 혹은 그 미래에 도달할 수밖에 없었던 자들. 그 소녀는 아무 말 없이 눈을 살며시 내리깔았다.

"봐요. 아무런 반응도 보이지 않죠? 이렇게 재미없는 여자애가 될 건가요?"

히비키는 고개를 숙였다. 과거에 자신도 저랬다는 사실을 떠올린 것이다. 아무것도 할 수 없고, 아무것도 하지 않으며, 아무것도 추구하지 않는, 그런 재미없는 인간—.

"히비키 양."

쿠루미가 이름을 부르자, 히비키는 반사적으로 「예」하고 대답했다. 쿠루미는 평소와 마찬가지로 약간 가학적인 미소를 짓더니, 히비키의 손등을 손가락으로 살며시 꼬집었다.

"뭐, 뭐하는 거예요?"

"바보 같은 생각을 하는 것 같아서 벌을 준 거랍니다."

"정말……."

히비키는 손을 매만지면서 배시시 웃었다.

"아니, 나는 너희보다 귀여우니까 살아가는 데는 딱히 무리 없거든?"

금발 소녀는 아무렇지도 않게 엄청난 소리를 했다. 붉은 머리카락을 지닌 소녀는 그 말을 그냥 흘려 넘길 수 없는지, 눈썹을 희미하게 떨었다.

그리고 그 금발 소녀의 얼굴을 쳐다본 히비키는 망연자실한 목소리로 이렇게 중얼거렸다.

"……거짓말."

"거짓말?"

"……저쪽에 있는 금발 여자 분, 키라리 리네무예요."

그 기묘한 이름은 쿠루미도 들어본 적이 있었다.

"으음…… 그건 전대 도미니언의 이름 아닌가요?"

"맞아요. 영장은 간소해졌지만, 저 외모는 똑똑히 기억하고 있거든요."

쿠루미는 리네무, 라는 소녀의 얼굴을 쳐다보았다. 확실히 화려하기는 했다. 금발은 아름다웠지만, 자칫 그녀의 외모와 어울리지 않고 왠지 품위가 없어 보인다.

그런 면에서 볼 때, 리네무는 기품과 황금의 빛을 겸비한 소녀였다.

아이돌의 정점에 선 준정령이 이 영역을 지배하는 도미니언이 된다면, 그녀야말로 도미니언에 걸맞은 존재였디.

"……저 분은 왜 쫓겨난 걸까요?"

"외모는 변함이 없어요. 게다가 아까……."

"노래를 할 수 없다고 말했죠……."

두 사람은 당연하다는 듯이 귀를 쫑긋 세웠다. 카페는 시끌벅적했지만, 대부분의 소녀들은 자신을 어떻게 갈고닦을지, 혹은 자기가 좋아하는 아이돌에 대한 이야기를 하느라 정신이 없어서 그녀들에게 관심을 주지 않았다. ……아니, 의도적으로 관심을 주지 않는 것 같았다.

"이상하군요. 전대 도미니언이라면 좀 더 주목을 받아야 정상 아닐까요?"

"예. ……맞은편에 앉아있는 빨간 머리 여자애도 상당한 팬 파워를 가지고 있어요. 분명 S랭크 이상일 거예요."

두 사람이 소곤거리는 사이, 금발 소녀가 진심을 토로했다.

"아아, 하지만 귀여움만으로는 살아갈 수 없어……. 나, 역시 노래가 하고 싶어. 멋들어지게 말이야! 그래서 그 밉살스러운 미즈하 녀석한테 본때를 보여주고 싶어!"

"하아, 본때 말인가요. 뭐, 저는 아무래도 상관없지만요~."

"크으윽, 진짜 망할 여자애라니깐~! 내가 노래를 못 부르게 된 사이에 오디션을 열어서 순식간에 도미니언의 자리를 차지해? 순식간에 나를 끌어내려?! 진짜 밉살스러워! 노래를 못하게 되어서 농땡이 좀 부렸을 뿐인데……!"

"선배는 노래를 부르지 못하게 되기 전부터 농땡이를 부렸던 것 같은데요~."

"신경 꺼! 나는 이 예소드에서 노래를 부르기만 하면 됐어! 그럼 딴 애들이 알아서 잡다한 일을 해줬단 말이야! 게다가 내가 나돌아 다니면 일이 더 복잡해지잖아! 나는 이 영역의 상징으로서 빈둥거리기만 하면 됐단 말이야~!"

리네무가 옛 지배자답지 않은 발언이 늘어놓자, 그녀를 쳐다보던 쿠루미도 어이없다는 듯한 표정을 지었다.

"……저 말이 사실인가요?"

"으음, 노래 이외에는 흥미가 없는 타입이었거든요. 무대 위에서도 댄스는 항상 대충대충이었죠. 하지만 외모가 뛰어난데다 노래도 엄청 잘 불러서, 가만히 있기만 해도 귀여움이 폭발했어요. 그래서 뭐든 다 용납이 되는 것 같았다고나 할까……."

리네무의 폭언과 푸념은 여전히 이어지고 있었다.

"하아, 정말~, 마음껏 노래를 부르고 싶은데~, 노래를 하면 구역질이 나~. 구역질을 하면서 노래하는 아이돌은 좀 참신할지도 몰라! 너무 참신해서 아무도 응원해주지 않을 것 같지만 말이야!"

"……하아, 이제 어쩔 수 없네요. 현재 유감스러운 부분밖에 존재하지 않는 선배에게, 끝내주는 정보를 제공해줄게요~."

붉은 머리 소녀는 낡은 메모장을 꺼냈다.

"그게 뭐야? 휴지야? 아, 마침 잘 됐네. 재채기가 날 것 같거든."

"휴지가 아니거든요? 귀중한 문헌이거든요? 부탁이니까 더럽히지 마세요!"

붉은 머리 소녀는 금방이라도 코를 풀 것 같은 리네무를 허둥지둥 말렸다.

"대단하군요……. 저런 사람이 전대 도미니언인가요……."

"방금 그 말을 들으니, 예전부터 저 사람과 알고 지냈던 저도 얼굴이 화끈거릴 것 같아요."

"그런데, 이게 뭔데?"

리네무가 의아해하면서 묻자, 붉은 머리 소녀는 만면에 미소를 지으면서 「실은—」 하고 입을 열려고 했다.

"아, 시답잖은 소리는 집어치우고 결론만 말해. 이게 나한테 도움이 되는 거야? 응? 가르쳐줘, 마유미!"

"마유카, 예요! 모모조노 마유카! 정말……, 후배의 이름 정도는 제대로 외우란 말이에요~!"

이야기를 제대로 꺼내기 전에 한 방 제대로 먹고 만 마유카는 차가운 눈동자로 리네무를 노려보았지만, 곧 헛기침을 하며 다시 입을 열었다.

"노래를 부를 수 있게 해주는 마법이에요, 선배."

"……노래를 부를 수 있게 해주는 마법?"

마유카는 고개를 끄덕였다. 하지만 리네무는 미심쩍어했다.

"마법이라면, 주문 같은 거야? ……하지만 이건 지도잖아."

"아, 맞다. 선배는 소문 같은 것에는 관심이 없었죠. 친구도 없고, 외톨이에, 프렌드도 없잖아요."

"저기, 비슷한 소리를 세 번 반복해서 입에 담을 필요는 없지 않을까?"

"아무튼, 소문을 들었어요. 노래를 부를 수 있게 해주는 마법—『달의 목소리』가 이 예소드에 있다는 소문 말이에요."

"뭐? 그렇게 끝내주는 보물이 있는 거야?! 어디에?! 그게 어디에 있는데? 빨리 가르쳐줘!"

리네무가 벌떡 일어서려 하자, 마유카가 말렸다.

"선배, 일단 제 말을 끝까지 들어보세요. 알~았~죠~?"

마유카는 단호한 어조로 그렇게 말한 후, 이야기를 시작했다.

―인계편성(隣界編成)이 일어날 때 느끼는 것은 정령이 건너편 세계에서 느낀 환희, 비애, 충격, 절망, 희망, 애정, 기타 등등……이라고 일컬어지고 있다.

게다가, 영화처럼 단순히 관객석에서 보는 게 아니다.

공감하고, 간섭받게 된다.

그 순간, 준정령은 정령이 되어 어떤 장면을 체험한다.

발광할 것 같은 절망도, 사랑에 빠지고 말 듯한 희망도 느낀다. 하지만 그것은 한순간의 꿈처럼 사라지고 만다.

그와 동시에 발생한 검은 결정도 먼지가 되어 사라진다. 여러 준정령― 특히 이 세계의 수수께끼를 풀고 싶다고 생각하던 이들은 그 결정에 어떤 의미가 있는 것은 아닌가, 하고 보존을 시도해봤지만 성공한 이는 없었다. 애초에 그런 현상이 언제 어떻게 발생하는지 추측조차 할 수 없었다.

하지만 극히 드물게…… 결정이 남아있는 경우가 있다. 그리고 그것을 손에 넣은 자는 단 한 명의 예외도 없이 전원이 변모한다고 한다. 좋은 의미로도, 나쁜 의미로도 말이다.

그 방대한 힘에 의해『파열』할 것인가.

그 넘쳐나는 힘으로『지배』할 것인가.

혹은, 미쳐서『괴물』이 될 것인가.

"……즉, 그『달의 목소리』가…… 예소드에 있다는 거야?"

리네무의 표정이 굳어졌다. 눈부실 정도로 강렬한 눈빛은 그녀 또한 상당한 인물이라는 사실을 드러내고 있었다.

"제 말이 그 말이라고요."

마유카는 그 눈빛을 보고도 태연하게 입에 문 스푼을 까 닥거렸다.

"말도 안 돼. 그런 게 있다면 벌써 회수됐을 거야. 그 여자가 원하는 것은 이 영역의 평온이잖아?"

"하지만 대다수의 준정령이 그런 게 있다는 걸 모른다면 어쩌시겠어요? 알고 있는 사람은 저 같은 최정상급 아이돌 뿐이던가요."

"……쿠루미 씨, 검색해보니 나왔어요."

히비키가 쿠루미에게 귓속말을 했다. 아무래도 저 두 사람의 이야기를 훔쳐들으면서 스마트폰을 조작한 것 같았다.

"모모조노 마유카. 장르는 러블리. SS랭크 아이돌. 미즈하 씨가 없었다면 도미니언이 되었을지도 모르는 인재예요."

"그런가요. **정말 놀랍군요.**"

"······그러네요."

히비키는 쿠루미가 하고 싶은 말을 이해했지만, 예의상 입에 담지 않기로 했다.

"하지만, 이상하잖아. 그럼 네가 먼저 그걸 노려야 정상 아냐?"

"아~, 저는 지금 상태가 편하거든요. 도미니언 같은 건 귀찮단 말이에요~. 그렇다고 선배처럼 농땡이를 마구 쳐서 변변찮은 애로 여겨지는 것도 싫고요~."

"너, 남을 나쁘게 말하는 것 좀 관두면 안 돼? 남한테 사실을 곧이곧대로 말하면 안 된다는 걸 학교에서 배우지 않은 거야?!"

"사실이라는 건 선배도 인정하는군요······."

"그래. 예전의 나는 그 누구도 범접할 수 없을 만큼 천재적인 아이돌이었고, 노래를 못하게 된 지금은 그저 변변찮은 애에 불과해! 젠장, 내 말에 내가 상처 입었어!"

"하아, 정말! 선배가 얽히면 이야기가 계속 옆으로 샌다니까요! 아·무·튼! 저나, 이 정보를 알고 있는 최정상급 아이돌은 그걸 손에 넣을 수 없는 이유가 있어요!"

"그게 뭔데?"

"『달의 목소리』가 있는 곳은 바로 『꿈의 요람』^{크래들}이거든요."

"───."

그 말을 들은 순간, 히비키는 한순간 딱딱하게 굳어버렸다.

그리고 리네무는 앉아있던 의자를 넘어뜨리면서 벌떡 일어섰다.

"……『크래들』? 너, 제정신이야?"

리네무는 미심쩍은 눈길로 마유카를 노려보았다. 그러자 마유카는 어깨를 으쓱하면서 한숨을 내쉬었다.

"예소드의 『크래들』은 다른 영역보다 **특수하잖아요**. 그래서 아무도 가고 싶어 하지 않아요. 물론 저도 싫어요. 하지만 **선배라면** 갈지도 모른다고 생각했어요."

"제정신…… 같네. 다행이야. 그럼 그 정보는 진짜구나. ……어? 꺄앗?!"

리네무는 방금 자기가 넘어뜨렸던 의자에 앉으려다 그대로 등을 바닥에 찧었다.

"선배, 뭐하는 거예요?"

리네무는 멋쩍은 듯이 등을 매만지면서 입을 열었다.

"아, 방금 통증 때문에 들떠 있던 마음이 좀 가라앉았어. 그래서 생각난 건데 말이야, 나한테 방금 그 이야기를 해주고 네가 얻는 이득이 있긴 한 거야?"

"있어요~. 저는 반오인 선배에게는 못 이길 것 같거든요. 뭐랄까, 상성이 너무 나빠요~."

"아, 그렇기는 해. 그 녀석에게 비견되는 건 전성기의 나뿐일걸? 너는 춤도, 노래도, 한 수 모자라."

"……선배가 그렇게 냉정하게 분석을 하니 짜증이 치솟네요."

"즉, **나라면 미즈하와 해볼 만할 거라는 거지?** 뭐, 나는 미즈하한테 반드시 이길 자신이 있긴 해."

"……뭐, 맞아요."

마유카는 자신의 머리카락을 만지작거리면서 시치미를 떼는 듯한 표정을 짓더니, 의미심장한 웃음을 흘렸다.

"『크래들』……."

"역시 선배도 거기는 무섭나 보네요."

"좋아."

"예?"

리네무는 귀엽게 고개를 갸웃거리는 마유카를 손가락으로 가리켰다.

"가주겠어! 『크래들』? 흥! 이미 밑바닥까지 떨어진 나는 아무것도 무섭지 않아! 『달의 목소리』는 내가 차지하겠어!"

리네무는 그렇게 외치면서 카페를 힘차게 뛰쳐나갔다.

모모조노 마유카는 그런 리네무를 환한 얼굴로 배웅한 후, 아이돌로서는 부적절해 보이는 미소를 지었다.

"바보 같은 선배지만, 부추기길 잘한 것 같네♪"

옆에 서 있던 『엠프티』소녀는 그런 그녀를 보더니, 조마조

마한 표정을 지으며 귓속말을 했다.

"저기, 괜찮을까요? 만약에 진짜로 손에 넣는다면……."

"루크, 너는 머릿속이 텅 빈 거니? 무리일 게 뻔하잖아~! 뭐, 도저히 무리라면 도중에 포기하고 돌아올지도 모르지만, 방금 반응을 보아하니 그런 걱정은 할 필요가 없을 것 같네. 분명 자멸할 거야."

루크, 라는 이름을 지닌 소녀는 약간 걱정스러운 표정을 지으며 고개를 끄덕였다.

"……그러네요. 그 기억의 비를 맞는다면, 이번에야말로 그녀는 끝장날 거예요."

마유카와 다르게 루크는 착한 준정령인가 싶었지만, 아무래도 그렇지 않은 것 같았다.

"맞아. 반오인 선배는 키라리 리네무에게 꽤 집착하는 것 같았거든. 영원한 라이벌처럼 여기는 것 같았어. 그러니까 키라리 리네무가 죽었다는 걸 이번 랭킹 라이브에서 선배가 노래를 부르기 직전에 가르쳐 줄 생각이야."

"어머나."

"어머나, 같은 소리나 할 때가 아니거든? 이 굼벵이야. 그 걸 가르쳐주는 타이밍이 중요하단 말이야. 나는 우연히 경애하는 선배의 죽음을 모른 채 노래를 불렀다. 하지만 반오인은 **운이 없게도**, 한때 절친인지 라이벌인지의 죽음을 무대에 서기 직전에 알고 말았다— 라는 거지."

"예. 이해하고 있어요."

"으음~. 좀 부자연스럽나? **경애하는 선배가 죽었다는 걸 알고도 열창했다**는 편이 나중에 예소드를 지배하기도 편할 것 같아."

"하지만 그랬다간 진실이 밝혀질 위험성이 있지 않을까요……. 어쩌면 겁먹고 돌아올지도 모르고요."

"맞아. 그러니까 루크, 너는 한동안…… 키라리 리네무의 뒤를 밟아. 그리고 여차하면 네가 그녀를 해치워 버리는 거야."

"예. 그런데 왜 『달의 목소리』가 있는 곳을 가르쳐준 거죠? 그건 언젠가 제가 가지러 갈 생각이었는데요……."

"……키라리 리네무는 거짓말을 꿰뚫어보거든. 아마 내 거짓말도 전부 간파했을 거야. 하지만 『달의 목소리』가 존재한다는 말과 그 장소는 거짓말이 아니니까 내 말을 신뢰한 거야."

"그렇군요."

"만에 하나라도 키라리 리네무가 『달의 목소리』를 진짜로 손에 넣는다면, 바로 강탈해. 그 사람은 전투능력이 없으니까 손쉬울 거야."

"예, 알았어요."

"굼벵이인 너는 못 미디우니까 다른 녀석을 고용해. 그리고 만약 나와의 연관성이 발각될 것 같으면 너, 그리고 네가 고용한 녀석들을 전부 처리해 버릴 거야."

"물론이죠. 그렇게 하세요."

마유카의 얼음장 같은 말에, 루크는 얼음장 같은 목소리로 대답했다.

"그럼 나는 슬슬 레슨을 하러 갈게."

"그럼 저도 이만 가보겠습니다."

그렇게 두 사람의 모습이 카페에서 사라졌다. 전이(轉移)^{텔레포트} 같은 능력이라도 사용한 것 같다고 쿠루미는 생각했다.

하지만 지금은 그것보다…….

"……다 들렸네요."

"예."

참견해 주기를 바라고 있는 건 아닐까 싶을 정도로 잘 들렸다.

"이 정도면 대형 스캔들이네요."

"증거가 없지만 말이죠. 게다가 저 여자가 어떤 흉계를 꾸미든, 저와는 상관이 없습니다."

"그런가요? 반오인 씨가 도미니언의 자리에서 쫓겨난다면, 저희는 지금보다 더 곤란해질 거예요. 그 사람은 엄격하긴 해도 공평하지만, 모모조노 마유카는 성질머리가 더러워 보이니까요."

"……뭐, 그럴 것 같긴 하군요."

"그것보다, 키라리 리네무 씨가 신경 쓰이네요."

"노래를 못한다는 점 말인가요?"

"그것도 마음에 걸리지만…… 으음, 이유는 모르겠는데 신경이 쓰이네요~."

히비키는 고개를 갸웃거렸다. 뭔가가 목에 걸린 채 나오지 않는 듯한 느낌이었다.

"그녀가 노래를 못하는 이유는 뭘까요?"

"저도 소문만 접했지만, 이곳의 컴파일은 정신적으로 엄청난 대미지를 가하는 게 많다고 해요. 그래서 노래를 못하게 된 채 사라져버리는 애도 있죠. ……리네무 씨는 꽤 터프하네요. 보통은 노래를 못하게 되면 그대로 사라져버리거든요."

"저 분이 다시 도미니언의 자리에 올라선다면—."

"그렇게 된다면, 쿠루미 씨에게 이상한 조건을 제시하지 않고 바로 통과시켜줄지도 몰라요."

"흠."

"흐음."

"할까요?"

"그럴까요?"

두 사람은 그렇게 결론을 내렸다.

◇

키라리 리네무는 전직 아이돌이자, 전대 도미니언이며, 현…… 뭔가다. 그 뭔가를 구체적으로 표현한다면 「무(無)」

가 접두어로 붙을 테니, 언급하지는 않겠다.

빙 돌려서 표현하자면, 매우 비생산적인 나날을 보내고 있는 준정령이다.

"으~, 으~, 으~."

자신의 비참한 처지 때문에 눈물이 날 것 같았다. 하지만 울 수는 없다. 아이돌은 언제든, 설령 양파즙을 정통으로 눈에 맞더라도 울면 안 된다. 마늘도 먹으면 안 되는 것이다. 엄청 좋아하는데 말이다.

이 영역에 온 것은 언제였을까. 인간 세계에서 살던 시절의 기억은 꽤 가지고 있다. 아이돌이 아니었던 것만은 틀림없다.

평범한 여고생이었던 걸로 기억한다.

평범한 여고생치고는 너무 예쁘니, 학교의 아이돌이었을지도 모른다.

아무튼, 인계에서 나태함은 죽음과 같은 의미다.

그래서 딱히 관심이 없는데도 시험 삼아 아이돌을 해봤다.

……즐거웠다.

그저 하염없이, 노래하고 춤췄다. 그것만으로도 팬들은 열광했고, 힘이 샘솟았으며, 그래서 즐거웠기에, 살기 위해 뭐든 할 수 있었다.

나름 꽤 제멋대로 살았다고 생각한다. 할 말은 다 하고 살았으며, 적과 아군을 잔뜩 만들었다.

밑바닥으로 떨어지게 된 계기는 사소했다.

컴파일 때 출현하는 검은 기둥을 우연히 만지고 만 자신은 지옥을 봤다. 지옥을 본 순간, 눈에 보이는 모든 것이 빛바래지고 말았다.

목소리는 낼 수 있다. 하지만 노래를 할 수도, 춤을 출 수도 없다.

"아이돌 따위, 바보 같아."

그 거무튀튀한 생각을 떨쳐낼 수가 없었다. 무대에 서면 머릿속이 멍해지면서, 가사와 댄스도 생각나지 않았다.

그런데도 뭔가를 전하려 해봤지만, 이윽고 자신은 무대에 서 설 수 없게 됐다. 자신의 주위에서 아양을 떨던 준정령들이 가장 먼저 떨어져 나갔다. 그 다음에는 팬들이 서서히 떠나갔다.

이윽고 팬의 숫자는 데뷔 당시보다 줄었으며, 무대에서 설 수 없게 된 자신은 그저 존재하기만 했다.

그래도 「있어 주기만 해도 된다」고 말해주는 준정령 팬들도 있었다. 하지만 너무 비참해서 스스로 그들에게서 떠나가기로 했다.

……자신처럼 된 아이돌이 예전에도 몇 명 존재했다.

그것을 체감한 후, 두 번 다시 날갯짓을 힐 수 없게 된 준정령. 그녀들은 하나같이 빈껍데기가 되었고, 결국 그걸 견디다 못해 모습을 감췄다.

이 인계에서 한없이 죽음에 가까운 현상. 인계를 배회하는 영력이 되는 맹실(夢失).

……뭐, 로스트 자체는 두렵지 않다.

이 불가사의한 세계에서는 체념을 한 순간, 고통도 미련도 없이 그대로 소멸하고 만다.

현실의 죽음보다 훨씬 판타지스럽고, 훨씬 동화 같으며, 훨씬— 편안하게 최후를 맞이한다.

"그런데 나는 왜 살아있는 걸까?"

키라리 리무네는 그런 생각을 하며 고개를 갸웃거렸다.

노래를 부를 수 없다.

춤도 출 수 없다.

무대에 설 수 없다.

그게 영원토록 벗어날 수 없는 운명처럼 느껴졌다.

뭐, 아까도 말했다시피 자신이 엄청나게 귀엽다는 점 하나만큼은 자신이 있지만 말이다.

설령 「노래」를 할 수 있게 해준다는 『달의 목소리』라는 게 진짜로 있더라도, 자신은 과연 그걸 이용해서 노래를 할 수 있게 될 것인가.

게다가 문제는 『달의 목소리』가 있다는 장소다. 『크래들』…… 이 세계의 지옥 같은 장소다. 아이돌이 갈 만한 장소와는 거리가 멀었다.

"하지만 이제 내가 갈 곳이라고는 거기밖에 없어."

여러 장소에 가봤다. 다른 영역으로 갈까도 생각해봤지만, 새롭게 도미니언이 된 반오인 미즈하는 그걸 허락하지 않았다.

"전대 도미니언이 다른 영역에 가는 건 문제의 소지가 될 수 있어요."

그녀는 그런 주장을 폈다. 반론조차도 허락하지 않았으며, 하마터면 구속될 뻔 했다.

"뭐, 억지로 영역의 문을 열어서 폐를 끼치는 건 아무리 나, 줄여서 아나도 좀 찜찜해서 관뒀지만 말이야."

심호흡.

마지막 기회다. 그 능구렁이 후배가 무슨 속셈인지는 모르겠지만, 이게 하이 리스크 하이 리턴의 기회인 것은 틀림없다.

"좋아, 결심했어. 어차피 죽을 거면 최대한 발버둥을 치고 죽을래."

그런 흉흉한 소리를 하면서 힘차게 한 걸음을 내디딘 순간, 누군가에게 목덜미를 잡혔다.

"꾸엑~!"

"두꺼비 울음 같은 소리군요."

자신을 어둠 속으로 끌고 들어가는 듯한 일그러진 목소리와…….

"저기, 쿠루미 씨가 목덜미를 잡아당긴 탓에 그런 소리를 낸 것 같은데요."

공허하면서도 밝은 탓에 덧없게 느껴지는 목소리가 들려왔다.

◇

키라리 리네무를 쫓아가는 건 간단했다. 그녀는 어마어마하게 눈에 띄기 때문이다. 설령 먹구름 같은 아우라를 뒤집어쓰고 있더라도, 그녀의 매력은 손상되지 않을 것이다.

그래서 쿠루미는 간단히 찾아낸 리네무에게 다가가서 말을 걸었지만, 그녀는 들은 척도 하지 않으며 혼잣말만 중얼거렸다. 그래서 어쩔 수 없이 그녀의 목덜미를 잡고 힘껏 잡아당겼다.

"꾸엑~!"

그러자 리네무의 입에서 두꺼비 울음 같은 소리가 흘러나왔다.

"쿠루미 씨는 방금 한 치도 머뭇거리지 않았네요. 아이돌 아우라 때문에 아이돌의 몸에 손도 대지 못하는 애도 있는데 말이죠."

히비키의 말에 쿠루미는 어깨를 으쓱했다.

"이래봬도 저는 A랭크 아이돌이잖아요? 그러니 지금의 저분을 두려워할 리가 없죠."

"이제 좀 적당히 해! 그리고 이 무례한 손 치워! 바보! 멍청이! 얼간이!"

쿠루미는 눈을 슬며시 가늘게 뜨더니, 아무 말 없이 리네무의 목덜미에서 손을 뗐다.

"너희는 대체 누구야? 이 키라리 리네무에게 무슨 볼일이라도 있어?"

"아~, 저희는 말이죠⋯⋯."

"어?! 너는 히고로모 히비키?! 히비P라는 호칭으로 명성을 떨쳤던, 바로 그⋯⋯!"

"아, 예. 맞아요."

"너, 혹시 나를 프로듀스하러 온 거야? 좋아! 그런데 나 지금 노래도 못하고 춤도 못 추거든? 그것 좀 어떻게 해줄 수 없을까?! 나는 멀뚱히 서서 립싱크를 하고, 백댄서에게 춤을 추게 한다든가, 발라드 쪽으로 전향한다든가 하면 괜찮지 않을까?"

"하나도 괜찮지 않아요."

히비키는 딱 잘라 말했다.

"어? 괜찮지 않아? 무리야?"

"발라드? 립싱크? 아이돌을 완전 얕보고 있네요."

히비키는 차가운 시선으로 그녀를 쏘아보며 딱 잘라 말했다.

"하지만 나는 노래를 부를 수 없단 말이야."

"⋯⋯노래를 부르고 싶죠?"

"부르고 싶긴 하지만, 무리인 것 같으면 그냥 편하게 살까도 싶거든."

"아하~, 쿠루미 씨. 이 사람은 완전 인간 말종이네요."

"아까 대화를 듣고 얼추 짐작은 했답니다."

"너희 둘, 아까부터 대체 뭐하는 거야?! 자타 공인 인간 말종 준정령, 키라리 리네무한테 무슨 볼일이라도 있어? 영력? 남한테 나눠줄 만큼 영력이 많지도 않아! 정 영력을 차지하고 싶으면 나를 죽이고 빼앗아 가! 그리고 아픈 건 싫으니까 가능한 한 기분 좋게 죽여줘!"

"게다가 이 사람은 남의 말에는 귀를 기울이지 않는 타입 같네요."

"아까 대화를 듣고…… 이하 생략이랍니다."

쿠루미는 약간 망설인 후, 직관적이면서도 그녀 같은 타입에게 매우 유효한 수단을 사용하기로 했다.

꾸욱←쿠루미가 〈자프키엘〉의 단총으로 리네무의 미간을 꾹 눌렀을 때 난 효과음.

"정말 죄송하지만 이제 그만 조잘대고, 저희 이야기에 귀를 기울여 주시면 감사하겠군요."

리네무는 눈동자에 눈물이 맺힌 채 열심히 고개를 끄덕였다.

"왠지 대낮에 강도짓을 하는 것 같네요."

맞는 말이다.

"그럼, 으음, 좀 차분하게 이야기를 나눌 수 있는 장소로 이동하도록 할까요."

"아, 알았어요. 으음, 카페로 안내할 테니까 쏘지 마세요 오오오……."

 ……잠시 후, 그녀들은 방금까지 있었던 카페로 되돌아갔다. 주위의 시선이 따갑지만, 리네무가 쳐다보니 다들 고개를 돌리며 멀찍이 떨어진 장소로 이동했다.

"흥!"

"어머, 꽤 미움을 받고 있는 것 같군요."

"아니거든?! 미움 받는 게 아냐! 아마도! 분명! 그저 예전에 내 팬이었기 때문에 좀 거북해 하는 것뿐일걸? 나는 전혀 개의치 않지만 말이야!"

"아~. 하긴, 그럴 수도 있겠죠."

 아무튼, 주위에 있는 이들은 그녀들을 의도적으로 무시하기로 작정한 것 같았다. 카페 안에 있는 손님의 숫자도 줄었으니, 작은 목소리로 이야기를 나눈다면 남들이 엿들을 걱정을 할 필요는 없을 것이다.

"단적으로 말씀드리죠. 당신, 『달의 목소리』라는 것을 손에 넣을 심산이죠?"

"……그 이야기, 언제, 어디에서 들었어?"

 그 순간, 리네무는 미심쩍은 시선을 머금으며 경계태세에 들어갔다. 한편, 쿠루미는 천천히 테이블을 손가락으로 가리키며 말했다.

"아까, 여기서요."

"이상하네. 들리지 않도록 설정해뒀는데 말이야."

"설정?"

"뭐, 좋아. 내가 알 바 아닌걸. ……그런데, 나한테 뭘 시키려는 거야? 미끼? 미끼로 삼으려는 거지? 유독 가스에 민감한 카나리아를 탄광에 데려가는 것처럼 말이야!"

"뭐, 비슷하지만 좀 달라요."

"뭐가 다르다는 거야?! 나한테 남은 기회는 아이페스뿐이야. 그 기회마저 놓친다면, 나한테는 아무것도 남지 않는단 말이야!"

"……히비키 양."

"싫어요. 무조건 싫어요. 절대 싫어요. 〈왕위찬탈〉^{킹 킬링}을 이 사람한테 쓰는 건 싫다고요!"

히비키의 〈킹 킬링〉은 얼굴과 인격, 능력을 강탈하는 무명천사다. 그녀는 얼마 전, 그 무명천사로 토키사키 쿠루미가 되었다. 자신으로도 변할 수 있었으니, 키라리 리네무가되는 건 간단할 거라고 쿠루미는 생각했지만…….

"쳇, 눈치 한 번 빠르군요……."

"게다가 노래를 못한다는 점까지 강탈해버리면 아무 의미도 없잖아요."

히비키의 무명천사는 이미 강탈당한 것까지 강탈할 수는

없다. 그리고 리네무는 할 수 있지만, 히비키가 할 수 없는 것이 있다. 그리고 리네무가 할 수 없는 건, 리네무를 강탈한 히비키도 할 수 없는 것이다.

"저기! 나를 방치해두고 흉흉한 이야기 좀 하지 말아줄래?!"

겁을 집어먹은 리네무를 본 쿠루미는 헛기침을 한 후, 입을 열었다.

"잘 들으세요. 저희는 이 영역을 나가고 싶답니다. 그리고 그러기 위해서는 당신의 협력이 필요하죠. 그러니─ 그『달의 목소리』를 찾는 걸 도와드릴까 해요."

"……도와, 준다는 거야?"

"예."

"그런데 왜 이 영역을 나가려는 건데? 너희도 아이돌과 프로듀서잖아?"

"……아이돌이 되고 싶은 건 아니랍니다. 저희는 그저 다른 영역으로 가고 싶을 뿐이죠."

"으음, 그러니까 이런 거지? 내가『달의 목소리』를 손에 넣어서 도미니언으로 복귀한 후, 너희가 다른 영역으로 가는 걸 허가해주면 되는 거네?"

"예. 도미니언이라면 그 정도는 간단하죠?"

"뭐, 간단하긴 해. 그럼 이런 거래인 거네. 나는 노래를 되찾아서 도미니언으로 복귀한다. 그 대신 너희가 다른 영역으로 가는 걸 허가해주며 문을 열어준다."

"당신이 『달의 목소리』를 손에 넣는 걸, 저희가 도와주는 거죠."

"그런데, 너는 이름이 뭐야? 히비P는 알지만, 너는 처음 봐."

"저는 토키사키 쿠루미라고 해요. 앞으로 잘 부탁드려요."

쿠루미는 치맛자락을 살며시 들어 올리면서 우아하게 인사를 건넸다.

◇

쿠루미와 히비키는 암묵적으로 자신들의 정체와 목적을 키라리 리네무에게 밝히지 않기로 정해뒀다. 리네무와 자신들은 어디까지나 이해관계자일 뿐인 것이다.

리네무를 신용하지 않는 것은 아니지만, 그녀가 괜히 자신들의 일에 참견을 해도 곤란했다.

게다가 히비키는 확신하고 있었다. 만약 리네무가 쿠루미의 목적을 듣고 비꼬거나 무시하는 태도를 취했다간, 이 일시적인 공범관계는 그대로 붕괴되고 말 것이다.

그리고 리네무는 쿠루미에 의해 분명 로스트되고 말 것이다.

쿠루미도 그걸 자각하고 있기 때문에, 리네무와의 대화는 히비키에게 맡기기로 결심했다. 하지만……

"저기, 저기, 쿠루미. 아까 네가 꺼내들었던 단총 말인데, 무기야?"

"그렇답니다. 그리고 말을 걸지 말아주세요."

"그것보다 쿠루미. 그 왼쪽 눈의 시계판은…… 콘택트렌즈 같은 게 아니지?"

"이 눈동자는 원래 이렇답니다. 그것보다 말을 걸지 말아주세요."

"쿠루미의 무명천사는 이름이 뭐야? 라이브에 써먹을 수 있는 타입이야? 참고로 내 무명천사는 〈천부악창(天賦樂唱)〉이라고 하는데, 이 마이크 스탠드야."

"……히비키 양, 어떻게 좀 해주지 않겠어요?"

쿠루미는 한숨을 내쉰 후, 자신에게 다가오며 말을 계속 걸어대는 리네무를 밀어내며 그렇게 말했다.

아무래도 리네무는 쿠루미가 마음에 든 것 같았다. 마치 자기한테 관심을 가져주기를 바라는 어린애처럼, 쿠루미의 주위를 빙글빙글 돌면서 말을 걸고 있었다.

"저도 별 뾰족한 수가 없네요."

사실 히비키도 마음이 편하지는 않았다. 토키사기 쿠루미라는 소녀는 너무나도 날카로웠다. 그야말로 면도칼처럼 날카로운 도검에 버금갈 정도로 예리하고, 고슴도치처럼 사방팔방을 향해 날카로운 가시를 세우고 있었다.

그런 쿠루미에게 아무렇지 않게 말을 걸 수 있는 이는 그녀로 변했던 적이 있는 자신뿐이리라― 히비키는 그런 자부심을 가지고 있었던 것이다.

하지만 리네무는 전혀 두려워하지 않으며 아무렇지 않게 말을 걸고 있었다. 토키사키 쿠루미라는 소녀에게 말이다.

그게, 왠지, 어마어마하게 마음에 들지 않았다.

"……히비키 양, 저를 대하는 태도가 평소보다 차갑지 않나요?"

"아마 기분 탓일 거예요. 그것보다 리네무 씨. 저는 예소드에 오래 머물지는 않았기 때문에 『크래들』에 대해서는 몰라요. 거기는 대체 어떤 곳인가요?"

"살아있는 동안에는 가고 싶지 않고, 설령 죽었더라도 가는 걸 주저할 장소야."

리네무의 말에는 희미한 냉기가 서려 있는 것처럼 느껴졌다.

"……애매모호한 설명이군요."

"일단 오늘은 『크래들』 바로 앞에 있는 감시소에 갈 거야. 거기서 구체적으로 설명을 해줄게. 너희가 도중에 도망쳐도 곤란하거든."

"도망칠 리가 없잖아요. 저희는 이 영역 밖으로 나가기 위해서라면 무슨 짓이든 다 할 생각이랍니다."

리네무는 그 말을 듣고 빙긋 웃었다.

"거기는 예소드의 외곽이야. 그리고 **온갖 희망이 버려진 장소지.**"

여러 영역을 여행해본 히비키는 각 영역이 거대한 원형으로 되어 있다는 사실을 알고 있다. 원기둥인지, 원반 형태인지는 알 수 없지만, 각 영역은 거대한 원형으로 이뤄져 있었다.

　그리고 외곽으로 가면 갈수록 살풍경한 장소로 변한다. 말쿠트에서는 운석이라도 떨어진 것처럼 커다란 구덩이와 파괴의 흔적만이 존재했다.

　"예소드는 좀 달라."

　"그렇겠죠. 영역 별로 전부 다르니까요. 여기는 어떤가요?"

　"그러니까, 『꿈의 요람』이야. 엠프티들이 로스트를 갈구하며 거기에 몰려들어."

　"엠프티?"

　쿠루미는 귀에 익은 그 단어를 듣고 몸을 딱딱하게 굳혔다.

　"응. 엠프티. 꿈을 잃고 빈껍데기가 된 애를 여기서는 그렇게 부르는데, 다른 영역에서는 호칭이 다른 거야?"

　리네무가 그렇게 묻자, 히비키는 어깨를 으쓱했다.

　"아뇨, 비슷한 호칭을 써요. 엠프티라거나, 빈껍데기 아가씨라고 부르죠."

　"말쿠트에서는 엠프티를 어떻게 로스트시켜?"

　"어, 그냥 사라지는데요? 그럼 그걸 보고, 아~ 사라졌네, 라고 생각하죠."

　"……말쿠트에 사는 준정령들은 성말 터프하네."

　말쿠트에서는 눈앞에 있던 엠프티가 느닷없이 사라져도 아무렇지 않게 받아들인다.

하지만 예소드에서는 그렇지 않다. 그녀들이 느닷없이 사라지면, 다른 준정령들이 동요한다— 죽음을 두려워한 나머지, 아이돌다운 행동을 취하지 못하는 것이다.

그 점을 우려한 초대 도미니언은 그녀들을 위한 성지를 만들었다.

그 성지의 이름이 바로 『꿈의 요람』.
^{크래들}

그 상냥한 이름과 다르게, 그곳은 처참한 지옥이다.

"뭐~, 나도 직접 본 적은 없지만 말이야!"

"……본 적이 없는데, 왜 처참한 지옥이라고 여기는 거죠?"

"장난삼아 거기에 놀러갔던 아이돌이 다음날에 엠프티가 되어서 돌아왔어. 그리고 머지않아 그녀는 로스트된 것 같아."

"정말…… 무시무시하군요."

"아마 남다른 행동을 해서 인정을 받고 싶었던 걸 거야. 하지만 그런 가벼운 생각으로 찾아가도 되는 장소가 아니었던 거지. 거기에 가도 괜찮은 건 엠프티뿐이라는 소문이 있어."

"……엠프티라는 존재는 정말 불가사의하군요."

"쿠루미도 그렇게 생각해? 나도 동감이야."

리네무의 말을 무시한 쿠루미는 자신이 엠프티를 자처했던 순간을 떠올렸다. 그 말은 그야말로 무의식적으로 입에서 튀어나왔다.

원래 그것은 종족명이라고 해야 하지만, 아마 히비키가 과거에 엠프티였기 때문에 그랬던 것이리라. 그리고 당시에 히비키가 자신으로 완벽하게 변했었다는 걸 떠올린 쿠루미는 히비키의 팔꿈치를 꼬집었다.

"아, 아파요, 쿠루미 씨! 갑자기 왜 꼬집는 거예요?!"

"옛날 일이 생각이 나서 말이죠."

"히익! 죄송해요! 그때는 제가 정말 잘못…… 에헤헤, 옛 날 일이라면…… 아야야야야얏! 죄, 죄송해요! 죄송해요~!"

히비키는 왠지 기뻐하면서 쿠루미에게 공격을 당했다.

◇

"……토키사키 쿠루미, 히고로모 히비키, 모모조노 마유 카, 토키사키 쿠루미, 히고로모 히비키, 모모조노 마유카, 토키사키 쿠루미……."

루크가 혼잣말을 중얼거리자, 다른 준정령들은 기분 나빠 하면서 그녀를 피했다.

루크는 엠프티이자, 모모조노 마유카의 말에 따르는 존재다.

예전에 쿠루미는 히고로모 히비키와 뒤바뀌었을 때, 엠프 티를 자처했었다. 하지만 그것은 원래 그녀들 같은 존재 전 원을 가리키는 명칭이었다.

그녀들은 준정령처럼 풍부한 감정을 지니지는 않다. 그 리고 죽음도 두려워하지 않았다. 정확하게는, 죽음을 받아 들일 준비가 되어 있는 것이다.

인계에서의 죽음이란 소멸을 뜻하며, 소멸은 그저 사라질 뿐— 잠드는 것이나 마찬가지다. 그래도 준정령은 죽음이나 소멸을 두려워하지만, 기묘하게도 엠프티들은 달랐다.

그것은 공포라기보다 체념에 가까웠다.

그리고 그 상태는 오랫동안 유지되지 않는다. 머지않아 그녀들은 갑자기 모습을 감춘다. 하지만 그때까지는 죽음조차 두려워하지 않는 병사인 것이다.

예소드 또한 아름다운 아이돌이 노래하고 춤추기만 하는 영역은 아니다. 느닷없이 골육상쟁이 발발하고, 서로의 목숨을 노리기도 하는 것이다.

그럴 때, 바로 그녀들이 나선다.

로스트도 두려워하지 않고, 원래라면 쓸 수 없을 타인의 무명천사를 남용하는 것도 주저하지 않는다.

루크는 개의치 않는다.

자신의 죽음을 개의치 않듯, 타인의 죽음도 개의치 않는다.

그렇기에, 모모조노 마유카는 루크가 죽을 때까지 총애할 것이다.

그리고 그 총애에 부응하는 것만이 루크의 기쁨이다.

그녀는 소리도, 기척도 내지 않으며, 동료들과 함께 저 세 사람의 뒤를 쫓았다.

◇

"도착~. 밤이 됐으니까 여기서 쉬자."

건물은 황야에 멀뚱히 존재하는 화톳불 같은 존재였다. 쓸데없이 화려한 디자인의 맨션 같았으며, 내부도 꽤 잘 꾸며져 있었다. 거실에는 텔레비전도 있으며, 부드러워 보이는 소파도 있었다.

일전에 아이돌이 『크래들』에 갔다 로스트 되는 사건이 발생하자, 당시 도미니언이었던 리네무는 감시소를 설치해 일시적으로 활용했다고 한다.

"뭐, 그래도 엠프티는 그냥 지켜보기만 해. 그녀들은 말려 봤자 소용없거든. 아, 영력을 사용하면 샤워도 할 수 있어!"

쿠루미는 리네무의 말을 듣고 의아한 표정을 지었다.

"그리고 보니 의식한 적이 없는데, 저희는 왜 땀을 흘리는 걸까요?"

"착각에서 비롯되는 세계라서 그럴지도 몰라요~."

"나는 아이돌이니까 땀도 안 흘리고, 화장실도 안 가!"

키라리 리네무는 허세를 부리듯 가슴을 쫙 펴면서 그렇게 말했다.

"아, 이 사람은 진짜로 그렇게 생각하는 것 같네요! 땀을 안 흘렸어요! 대단해요!"

히비키가 리네무의 몸을 만져보니, 그녀는 꽤 많이 걸었는데도 불구하고 땀을 한 방울도 흘리지 않았다.

아무래도 화장실도 진짜로 안 갈 것 같았다.

"아이돌은 참 대단하네요."

"맞아! 아이돌은 대단해! 뭐, 아이돌인데도 노래를 못하지만 말이야! 노래를…… 못하지만………."

리네무는 갑자기 풀이 죽더니 방구석에 틀어박혔다.

"쿠루미 씨. 저 사람, 자화자찬을 하다 자기비하를 하더니, 지금은 우울증 증세를 보이고 있어요."

"……저기, 문득 든 생각인데 말이죠. 지금은 아이돌이 아니니까 땀을 흘려야 정상 아닌가요?"

"앗!"

"아……."

쿠루미가 지적을 한 순간, 리네무의 온몸에서 폭포수처럼 땀이 뿜어져 나왔다.

"……나 같은 건, 나 같은 건, 나 같은 건, 나 같은 건……. 이제 땀도 흘리기 시작했어. 분명 화장실도 갈 거야. 나는 이제 아이돌이 아니잖아!"

"그것보다~, 가려운 부분은 없나요~?"

히비키는 낙담한 리네무를 억지로 데려가서 샤워를 시켰다. 그리고 머리카락도 감겨줬다.

"욕실이 넓은 건 참 좋군요."

쿠루미는 다른 두 사람보다 먼저 몸을 씻은 후, 홀로 욕조에 들어갔다.

이렇게 느긋한 시간을 보내는 것도 오랜만인 것 같았다.

"하아⋯⋯."

"으으, 나 같은 건, 나 같은 건⋯⋯."

"여자 셋이 모이면 깨가 쏟아진다던데, 한 사람은 혼잣말만 중얼거리고 있고, 다른 한 명은 목욕을 즐기기만 하니 조용하네요~."

"히비키 양이 혼자서 세 명 몫을 하고 있지 않나요?"

"저는 그렇게 시끄러운 애가 아니란 말이에요!"

"정말 시끄럽네."

"좀 조용히 하세요."

"우우~, 너무해요. 그건 그렇고, 두 사람 다 몸매가 정말 좋군요~."

"⋯⋯뭐, 아이돌이잖아. 아이돌은 몸매 유지에 신경을 써."

히비키가 칭찬을 해주자, 리네무는 약간 기분이 좋아진 것 같았다. 왠지 굽혀져 있던 등도 약간 펴진 것 같았다.

"후후, 뭐, 저한테는 한참 못 미치지만 말이에요."

쿠루미가 농담하듯 그렇게 말하자, 리네무는 또 몸을 굽혔다.

"맞아. 나는 흔해빠진 신인 아이돌보다도 몸매가 나빠⋯⋯. 물벼룩⋯⋯ 화장지⋯⋯."

"쿠루미 씨~, 리네무 씨가 또 자기비하를 시작했어요~!"

"골치 아픈 사람이군요……."

리네무의 멘탈은 아직 충격에서 벗어나지 못한 것 같았다.

◇

샤워를 마친 리네무는 방구석에서 무릎을 꼭 끌어안은 채로 잠에 빠져들었고, 샤워를 마친 다른 두 사람도 영장을 간이형으로 변형시키고 잠들기로 했다.

침대라고는 2층에 있는 2인용 침대뿐이며, 그 외에 누울 만한 곳은 소파뿐이었다.

"가위 바위 보로 정할까요?"

히비키의 제안에 쿠루미는 고개를 저었다.

"저희 둘 다 꽤 지친 상태잖아요. 그냥 한 침대에서 같이 자도록 해요."

"쿠루미 씨, 안녕히 주무―."

그리고 히비키가 그렇게 말하면서 침대에 들어가려던 순간, 쿠루미가 갑자기 그녀에게 말을 걸었다.

"……히비키 양, 괜찮은 건가요?"

"괜찮다니요? 뭐가 말이에요?"

쿠루미의 눈빛은 날카로웠다. 히비키가 지금까지 쿠루미와 함께 다닌 경험에 비춰볼 때, 꽤나 진지한 것 같았다.

"엠프티. 제가 그런 이름을 썼던 건 당신의 잔재 때문이죠?"

"……예."

"예전에 당신의 과거를 들려줬을 때도, 당신은 처음에 엠프티로서 태어났다고 했어요. 그리고……『그녀』의 복수를 목적으로 삼았으며, 결국 해냈죠."

"해냈다고 할 수 있을까요. ……뭐, 마음이 개운해지기는 했지만요."

도미니언이자, 히비키가 목숨을 걸고 복수를 하려 한『돌마스터』는 이미 로스트됐다. 아니, 히비키가 쓰러뜨린 것이다.

복수는 끝났고, 꿈은 이뤄졌다.

즉, 현재 그녀에게는 목적이 없다. 기댈 곳이 없는 것이다.

"그런데, 괜찮은 건가요? 또, 엠프티가—."

히비키는 고개를 젓더니, 쿠루미의 입술에 자신의 검지를 댔다.

"걱정하지 마세요, 쿠루미 씨. 저는 지금 즐거워요. 쿠루미 씨와 함께 있는 것만으로도 정말정말 즐겁고, 정말정말 기뻐요. 하루하루가 자극적이니까, 빈껍데기 같은 게 될 리가 없어요."

"……그렇다면 다행이지만 말이죠."

"혹시 걱정해 주신 건가요?"

"말도 안 되는 소리 하지 마세요. 당신이 느닷없이 사라져 버린다면, 저는 미아가 될 거란 말이에요."

"미아요?"

"저는 인계에 오기 이전의 기억이 거의 없어요. 소중한, 정말 소중한 사람의 이름조차 기억하지 못하죠. 제가 기억하는 건 원래 건너편 세계에 있었으며…… 쭉 싸워왔다는 것뿐이에요."

"싸워왔다고요?"

"예, 싸워왔답니다. 무언가…… 매우 불합리한, 무언가와 말이죠."

그것은 지옥을 연상케 할 정도로 불합리하며, **우리**는 단 한시도 **그녀**를 향한 살의를 잊은 적이 없다.

하지만 그 계기는— 분명, 으음, 분명—.

"쿠루미 씨?"

쿠루미는 그 온화한 목소리를 듣고 과거에서 현재로 되돌아왔다.

"억지로 과거를 떠올리려고 했다간, 사로잡히고 말 거예요."

"사로잡힌, 다고요?"

"예. 사로잡히고 말아요. 제가 항상 그랬으니까요."

과거를 떠올린다.

잃어버린 것을, 두 손으로 다시 부둥켜안으려 한다.

하지만, 결국 그것은 과거다. 과거는 그리워하는 것이지, 부둥켜안는 것이 아니다.

부둥켜안는다고 그 감촉이 되살아나는 것은 아니며, 그저 공허함만 느끼게 된다.

쿠루미는 히비키의 말을 듣고 슬픔이 묻어나는 어조로 중얼거렸다.

"그래요. 하지만 저는 그 과거조차 잃고 말았답니다."

쿠루미는 과거를 부둥켜안을 수도 없다.

그래서 항상, 잠들 때마다 떠올리고 싶은 것이다.

그의 말을, 그의 얼굴을, 그와의 기억을······.

"그래도 말이죠, 희미한 환영에 불과한 그 사람을 만나고 싶다면― 현재를 나아가야만 해요."

그리고 히비키는 그걸 용납하지 않는다. 아니, 용납하지 않았다.

"······엄격하군요."

"쿠루미 씨가 그 꿈을 이루기 위해선, 기나긴 여행을 해야만 할 테니까요. 그럼 자면서 이야기를 해보도록 할까요? 앞으로의 여행길에 대해서 말이에요."

"예, 가르쳐주시겠어요? 당신이 가봤다는 다른 영역이 어떤 곳이었는지를 말이에요. 그리고 어떻게 해야 제가 그곳에 갈 수 있는지도 알고 싶어요."

히비키는 졸음을 참으며 이야기를 계속했다.

토키사키 쿠루미는 전투능력에 있어서는 준정령과 차원이 달랐다. 그녀에게 필적하는 존재는 아마 창 뿐일 것이다.

그런 창도 쿠루미가 교묘한 술수를 사용하며 전력을 다해 싸움에 임한다면 질 가능성이 크다. 최강이자 최악의 트릭스터, 쿠루미의 〈자프키엘〉은 아직 숨기고 있는 탄환이 있는 것이다.

하지만, 그렇다고 해도 쿠루미가 인계를 돌파하는 것은 어렵다.

도미니언은 그야말로 영역의 지배자다. 소녀가 만든 법과^{Law} 변덕 때문에 인계는 불합리함과 버라이어티함으로 가득 차 있다.

이 예소드가 그 예라 할 수 있다. 아이돌로서의 힘이 이곳에서는 전부다. 그것은 쿠루미조차도 넘어서기 힘든 벽이었다.

그러니 그것에 대항할 방법, 그리고 빠져나갈 방법을 히비키는 쿠루미에게 알려줬다.

"예를 들어, 황야에서 굶주림을 느꼈을 때, 어떻게 영력으로 굶주림을 억누를 것인가."

"예를 들어, 갇혔다는 것을 자각했을 때, 어떻게 잠긴 문을 열 것인가."

"예를 들어, 한계에 직면했을 때, 영력을 더욱 끌어낼 방법."

이 인계의 존재방식. 육체가 없는 혼이기에 가능한 생존방법.

히비키는 그런 것들을 쿠루미에게 철저할 정도로 가르쳐줬다.

이윽고 졸음이 한계에 도달했을 때, 히비키는 쿠루미에게 말했다.

"매일, 계속하죠. 매일, 이야기하죠. 매일, 가르쳐 줄게요. 쿠루미 씨가 꿈을 이루기 전에 이 세계에 잡아먹히지 않도록……."

쿠루미는 자신이 그 말에 제대로 대답했는지 모르겠지만, 일단 고개를 끄덕이며 잠에 빠져들었다.

건너편 세계에서 그와 만나기 위해, 꿈조차 꾸지 않으며…….

그리고 다음날 아침. 쿠루미는 침대 밑에서 깨어났다. 거울을 통해 확인한 얼굴에 난 발자국, 그리고 히비키의 험악한 잠버릇으로 유추해 볼 때, 아무래도 밤중에 그녀에게 걷어차여서 침대에서 떨어진 것 같았다.

"……좋은 아침이에요(총성)."

그래서 일단 총을 쏘고 보기로 했다.

"꺄아—! 가가가가가, 갑자기 뭐하는 거예요오옷?!"

"잠꾸러기인 당신에게 저 나름대로의 아침 인사를 건넸을 뿐이랍니다."

"히익, 아침부터 불합리한 이유로 화를 내시네요!"

이번만큼은 그다지 불합리하지 않은 것 같다고 생각한 쿠루미는 부들부들 떨고 있는 히비키를 향해 환한 미소를 지었다.

◇

"둘 다 좋은 아침! 자, 오늘이야말로『크래들』에 도착하자!"

아침이 되자, 리네무는 기운을 완전히 되찾았다. 기운을 너무 되찾은 것 같은 느낌도 들었다.

"아, 우유도 있네요!"

"……소가 없는데 우유가 있는 게 불가사의하네요."

"여기는 물질적인 면에 있어서는 지극히 편의주의적인 세계니까요. 이곳에 없는 건 개, 고양이, 남성뿐이에요."

"……진짜로 고양이가 없는 거군요……. 아, 아무것도 아니에요."

인계에 그가 없다는 점 이외에 가장 낙담하게 되는 진실이었다……. 쿠루미로서는 말이다.

"우유 같은 건 아무래도 상관없어. 아, 마시기는 할 거지만 말이야. 우유를 많이 마시면 가슴이 커진다잖아?"

"키라리 양도 이미 알고 있겠지만, 그건 속설이에요."

"그래도 굳게 믿으면 분명 원하는 대로 될 거야. 내 가슴은! 분명! 커져!"

5분 후. 쿠루미와 히비키는 한숨을 내쉬면서 리네무가 감시소에서 나오기를 기다렸다.

"뭐, 키라리 양의 가슴이 확실히 커지기는 했군요."

"리네무 씨의 가슴, 진짜 엄청났어요. 가슴둘레가 100센 티미터는 되었을 걸요?"

"키라리 양이 엉엉 울면서 작아져라~ 작아져라~ 하고 중얼거리던데, 효과가 있을까요?"

"아, 아마 있지 않을까요?"

그로부터 10분 후, 울어서 눈가가 퉁퉁 부은 리네무가 감시소 밖으로 나오면서 가슴을 폈다.

"어, 어때? 내 몸매, 완벽하지?"

"뭐, 적당해 보이네요."

"아침 인사를 나눴을 때보다 좀 빈약해진 듯한 느낌이 드는군요."

"거짓말! 이번에는 너무 작아진 거야?! 금방 다시 크게 만들 테니까, 잠시만 기다려줘."

쿠루미와 히비키는 리네무의 두 팔을 꼭 잡은 후, 억지로 출발했다.

"이~거~ 놔~!"

"정말 시끄러운 분이군요. 그것보다, 얼마나 더 가야하죠?"

쿠루미는 억지로 리네무를 잡아끌고 가면서 질문을 던졌다.

"으음~, 으음~. 저 언덕을 올라가면 보이기 시작할 텐데……."

언덕 중간까지 올라갔을 즈음, 리네무도 결국 포기했는지 자기 발로 걷기 시작했다. 감시소에 도착한 이후로는 다른 준정령의 모습을 보지 못했다. 예소드 중앙구의 시끌벅적한 소리도 들리지 않았다.

그녀들이 입을 다물자, 정적이 주위를 지배했다. 쿠루미 이외의 두 사람은 그 정적이 무서운지 억지로 대화를 이어 나갔다.

쿠루미가 그런 두 사람에게 질문을 던졌다.

"정적이 그렇게 두렵나요?"

"무섭거든? 엄청 무섭거든? 아무 소리도 안 들리는데 무서운 게 당연하잖아."

"저는 시끌벅적한 게 더 거슬린답니다. ……축제의 떠들썩함은 좋아하지만 말이죠."

"특이하네~. 소리가 들리지 않는다는 건 살아있지 않다는 거잖아. 즉, 소리를 내지 못하는 나 같은 건 살아있을 자격 도……."

리네무가 또 우울해 하자, 히비키가 허둥지둥 화제를 바꿨다.

"쿠루미 씨는 축제의 떠들썩함을 좋아하나요?"

히비키의 질문에 쿠루미의 얼굴이 점점 흐려졌다.

"저기, 쿠루미 씨?"

"아, 히비키 양. 죄송하지만, 저한테는 그 질문에 답할 기억이 존재하지 않는답니다. 그저, 왠지 그런 생각이 든 것뿐이니까 개의치 마세요."

"흐음, 잘 모르겠지만…… 너도 고생이 많네."

어느새 기운을 되찾은 리네무가 그렇게 말하자, 쿠루미는 약간 놀란 듯한 반응을 보였다.

"쿠루미 씨?"

히비키의 부름에 쿠루미는 고개를 저으며 대답했다.

"아무 것도 아니에요. 그래요. 저도 여러모로…… 고생이 많답니다."

"하지만 내가 노래를 부를 수 있게 되면 전부 해결될 거야! 자, 이제 다 왔어. 곧『크래들』이 보이기 시작할 거야!"

리네무가 앞장서서 뛰어가자, 히비키는 쓴웃음을 지으면서 뒤를 쫓았다. 그리고 쿠루미는 생각에 잠긴 탓에 두 사람보다 약간 뒤쳐졌다.

언덕을 끝까지 올라간 두 사람은 걸음을 멈추고 무언가를 쳐다보고 있었다.

『꿈의 요람』 — 이름만 들으면 멋진 장소다. 하지만 사실 그곳은 죽음과 소멸을 받아들이는 허무의 바다다.

……그러니 쿠루미는 그곳이 거무튀튀한 바다, 혹은 말쿠트처럼 구덩이 투성이인 화성을 연상케 하는 불모의 대지 같은 곳이더라도 놀라지 않을 생각이었다.

하지만, 그녀는 놀라지 않을 수 없었다.

쿠루미는 자신의 눈에 들어온 것이 무엇인지 이해했다.

거대한 산을 관통해 뻗어 있는 커다란 뱀 같은 롤러코스터. 곤돌라 몇 개가 빠져버린 관람차. 도색이 벗겨져서 갈색 말이 되어버린, 원래는 새하얬을 회전목마. 세월의 흐름 때문에 흉측하게 변모한 마스코트 캐릭터. 아스팔트에서는 잡초가 여드름처럼 자라고 있었다.

꿈의 요람은 고사하고, 폐기된 꿈의 놀이터다.

"유……원지……인가요?"

그렇게 중얼거린 히비키는 한 걸음도 내딛지 못했다.

"그런 것, 같네."

리네무가 대답했다. 그녀 또한 걸음을 옮기지 못했다.

물론 그 유원지에는 움직이는 것이 단 하나도 없었다. 바람이 불 때마다 관람차의 곤돌라가 삐걱거리는 소리만이 울려 퍼질 뿐이었다.

묘지도, 장례식장도 아닌데, 폐허로 변한 유원지는 기묘할 정도로 농밀한 죽음을 내포하고 있었다.

"……가지 않을 건가요?"

"나, 빅 아이디어가 있어. 쿠루미와 히비키가 먼저 가서 『달의 목소리』를 가지고 오는 거야."

"흐음, 그럼 리네무 씨는 뭘 할 건데요?"

"나는 여기서 대기하며 연락을 담당할게. 그리고 비상사태가 발생하면 도와줄 사람을 데려오겠어!"

"즉, 사실상 아무것도 하지 않겠다는 거죠?(총성)"

쿠루미가 일단 총을 한 발 쏘자, 리네무는 「가, 가치 가께요~」 하고 울상을 지으며 말했다.

"쿠루미 씨, 툭하면 총 좀 빵빵 쏘지 말아주세요……. 저 오늘 아침 일이 트라우마가 됐단 말이에요……."

"촌각을 다툴 때는 이게 최고랍니다. 자, 가죠."

쿠루미가 걸음을 옮기자 히비키도 어쩔 수 없이 걸음을 옮겼다.

그리고 마지막으로, 리네무도 머뭇거리며 두 사람의 뒤를 따랐다.

○ 꿈의 요람
크래들

 안으로 들어가자, 그 황량한 광경을 구석구석까지 살필 수 있었다.

 완전히 메말라버려서 물 한 방울 없는 인공 풀장, 아무도 없는 티켓 카운터, 글자가 잘 보이지 않을 만큼 더러워진 가이드북— 그야말로 호러 영화의 무대라고 해도 손색이 없었다.

 하지만 쿠루미는 세상의 끝이라 불리기에 걸맞은 장소라고 생각했다.

 과거에 존재했던 것— 순진무구한 놀이동산.

 현재 존재하는 것— 순수한 꿈이 끝을 맞이한 공간.

 "……쿠루미 씨."

 히비키가 쿠루미의 소매를 잡아당기더니, 아무 말 없이 벤치를 가리켰다. 예전에는 새하얬을 그 목제 벤치는 곳곳이 썩은 상태였다.

 그곳에, 한 소녀가 앉아 있었다. 쿠루미도, 히비키도, 그리고 리네무도 처음 보는 엠프티였다.

 그녀는 멍하니 허공을 쳐다보고 있었다. 그저 가만히 앉아 있기만 했으며, 발소리에 반응을 보이지도 않았다.

 "당신, 이런데서 뭘 하고 있는 거죠?"

 "——."

 상대방이 무언과 침묵으로 답하자, 쿠루미는 약간 짜증이 치솟았다.

"제가 방금 뭘 하고 있는 건지 물었—"

"기다리고 있어."

엠프티는 여전히 허공을 쳐다보며 그렇게 대답했다.

"……기다리고 있다고요? 뭘 말이죠?"

"나는 녹을 거야. 녹아서 모습이 사라질 거야. 하지만 그게 무섭지는 않아. 동일화되는 것뿐이니까, 무섭지 않아. 여기는 즐거운 유원지잖아. 빙글빙글 도는 회전목마, 빙글빙글 도는 관람차, 빙글빙글 도는 제트코스터, 돌고, 돌고, 돈 끝에 전부 녹아서 사라져 버려."

엠프티는 확신에 찬 어조로 그렇게 말했다.

그리고 그 말은 히비키의 가슴에 날카롭게 꽂혔다. 평소 마음속 깊은 곳에 숨겨두고 있던 그 유혹이 고개를 치켜든 것 같은 느낌이 들었다.

"……그런가요. 그럼 제가 할 말은 없답니다."

쿠루미는 온화한 어조로 그렇게 말했다.

그 말에는 죽으려 하는 존재에게만 건네는, 기묘한 상냥함이 어려 있었다.

소녀는 아무 말 없이 안도의 한숨을 내쉬더니…… 사라졌다.

"……사라졌어. 진짜로 사라져 버렸단 말이야."

리네무는 망연자실한 어조로 그렇게 중얼거렸다. 히비키는 오랜만에 본 광경에 충격을 받았다.

하지만 쿠루미는 그저 고개를 끄덕였다.

"요람이라. 이름 한 번 잘 지었군요. 폐허가 된 유원지가 화려한 놀이동산처럼 보인다면 조심해야 된다는 건가요."

히비키는 쿠루미의 말을 듣고 고개를 끄덕였다. 하지만 리네무는 아직 이해를 못한 건지 고개를 갸웃거렸다.

"그게 무슨 소리야?"

"엠프티의 눈에는 이곳이 즐거운 유원지처럼 보인 거예요. 방금 오픈한 것처럼 깨끗하고, 찬란히 빛나고 있는 거죠."

"이 폐허가 말이야?! 하지만…… 여기는 폐허잖아!"

리네무는 영문을 모르겠다는 듯이 두 팔을 펼쳤다.

"그래서 요람인 거겠죠……."

사라질 소녀에게 있어서는 낙원이어야만 하며, 아직 사라져선 안 되는 소녀에게 있어서는 지옥에 가까운 장소인 것이다.

"나, 포기하고 싶어졌어. 방금 봤지? 사라져 버렸단 말이야. 눈 한 번 깜짝이는 사이에 깨끗이 사라져 버렸거든? 너희는 왜 태연한 거야?"

""익숙하기 때문이에요(때문이랍니다).""

두 사람은 태연한 어조로 대답했다.

"자, 사라져버린 그녀에 대해 생각한다고 사태가 호전되지는 않아요. 그것보다, 『달의 목소리』를 찾아보죠. 노래를 할 수 있게 해준다는 그 결정을 말이죠."

"그, 그래. 그러자…… 『달의 목소리』는 대체 어디 있는 걸까?"

리네무는 겁에 질린 상태에서도 자신에게 있어서의 우선사항을 떠올렸다. 히비키는 가이드북을 펼치더니 지도를 봤다.

"다함께 한 구역씩 면밀하게 뒤져봐요."

"흩어져서 찾는 편이 효율적이지 않을까요?"

쿠루미가 그렇게 말하자, 히비키는 고개를 저었다.

"효율은 좋겠지만, 놓칠 가능성이 커요. 저희는 몰라도, 리네무 씨는 겁에 질려서 제대로 살펴보지 못할 테니까요."

"아…… 그렇군요……."

"왜 납득하는 건데? 고개 좀 그만 끄덕여, 쿠루미! 뭐, 나도 히비키의 말에 동의하지만 말이야!"

"그러니 『달의 목소리』는 저희가 찾아내야 해요. 힘내죠!"

"그렇군요. 여기까지 왔더니, 저도 『달의 목소리』라는 걸 직접 보고 싶어졌어요."

"저기요~. 무시당하니까 완전 우울하거든요? 무시 좀 하지 말아줄래요?"

쿠루미와 히비키는 또 기분이 가라앉은 리네무의 두 팔을 잡아끌면서 『달의 목소리』 탐색을 시작했다.

◇

―결론부터 말하자면, 찾지 못했다.

"없군요……."

"하늘에서도 찾아봤고, 건물 뒤편도 확인해봤어요. 더는 찾아볼 곳이 없다고 해도 과언이 아닐 정도로 뒤져봤잖아요. 건물 안도 전부 확인해봤고……. 혹시 땅속에 있는 걸까요?"

"만약 그렇다면 소문이 나지 않았을 거랍니다. 소문이 났다는 말을 진실로 가정할 경우, 땅속에 그게 있다면 발견과 획득이 세트여야 하지 않을까요?"

"맞아요. 적어도 파낸 흔적이 있어야 해요."

"발견한 후, 그걸 다시 묻어놓았다…… 그건 앞뒤가 맞지 않는 것 같군요."

"거짓말을 한 걸까……. 놀림을 당한 걸까……. 그래……. 노래를 못하는 아이돌인 나 따위한테는 미소녀와 놀림거리라는 가치밖에 없잖아……."

쿠루미와 히비키는 기분이 가라앉은 리네무를 깔끔히 무시하면서 추리를 계속 이어나갔다.

"……애초에 말이죠. 그 소문 자체가 이상해요. 보통 발견이라는 건 획득을 했다는 의미잖아요? 왜 소문이 돌았는데, 손에 넣은 이는 없는 걸까요?"

"함정인 걸까요?"

"함정일 리가 없어……. 나는 함정 같은 것에 빠뜨릴 가치가 없거든~."

"……리네무 씨의 말도 맞아요. 모모조노 마유카의 곁에 있던 엠프티는 리네무 씨가 『달의 목소리』를 손에 넣는 걸 우려했잖아요. 리네무 씨, 마유카 씨가 거짓말을 하는 것처럼 보였나요?"

"응? 으음…… 마유카는 성질머리도 더럽고, 음험하고, 음습하고, 폭력을 주저 없이 휘두르지만, 거짓말은 잘 못해. 아이돌 활동을 너무 한 바람에 거짓말이 확 티가 나거든. 스스로도 알지만 방법이 없나 봐. 그런 면이 좀 귀엽기는 해."

리네무의 평가는 냉철하면서도 정확했다.

"그러니까 그 녀석이 한 말은 분명 진실이야. 적어도 마유카는 진실이라고 믿었어. ……옆에 있던 엠프티가 거짓말을 했더라도 나는 꿰뚫어 볼 수 있어. 나, 그런 건 잘하거든."

"그리고 신경 쓰이는 점이 하나 더 있긴 해요. 기억의 비가…… 뭘까요?"

"……딱히 비가 내리고 있지는 않은데 말이죠."

쿠루미는 손을 내밀어봤지만, 비가 내릴 듯한 기색은 느껴지지 않았다.

"예소드에는 비가 내리는 일 자체가 거의 없어. 라이브 분위기를 띄우려고 일부러 비를 내리게 할 때도 있지만, 그래도 행사장 근처에만 내리게 해."

"자연현상으로서 비가 내리는 일은 없다는 거죠?"

"그래~."

"……비…… 비, 비, 비…… 비가 내리는 장소……."

히비키는 가이드북을 다시 쳐다보다가 뭔가를 발견했다.

"아직 여기는 조사하지 않았죠?"

쿠루미와 리네무는 그 말을 듣고 가이드북을 쳐다보더니─

「아앗!」 하고 함께 외쳤다.

스톰 마운틴, 이라 불리는 롤러코스터는 도중에 거대한 산악 형태의 오브젝트를 통과한다. 건물 내부는 돌아봤지만, 롤러코스터의 슬라이더 도중에 있는 오브젝트는 확인해 보지 않았다.

"가보도록 하죠."

만약 여기에도 없다면 헛수고만 한 게 되지만…… 세 사람은 서로를 쳐다보며 여기가 맞을 거라는 듯이 고개를 끄덕였다. 어디까지나 아무런 근거도 없는, 단순한 직감이지만 말이다.

"하늘을 날 수 있나요?"

히비키가 그렇게 묻자, 리네무는 당연하다는 듯이 고개를 끄덕였다.

"하늘을 못 날아서야 라이브 때 하늘에서 강림할 수가 없잖아."

"하늘에서 강림하는 건가요……."

"응. 콘셉트는 하늘에서 강림한 유일신이자 살아있는 신이자 절대신이야."

"신이 되고 싶어서 환장한 것 같네요."

히비키가 어이없다는 듯이 그렇게 중얼거리고 있을 때, 리네무가 하늘로 날아올랐다.

세 사람은 슬라이더를 따라 거대한 산악 형태의 오브젝트 안으로 들어갔다.

"와아~."

"와아……."

"어머, 어머."

세 사람은 경악했다. 한 사람은 폭포수처럼 쏟아지는 비 때문에, 한 사람은 그 비가 지닌 의미를 이해해서, 마지막 한 사람은 안쪽에 존재하는 거대한 영력을 감지했기에 경악한 것이다.

"……이럴 때, 뭐라고 하는지 알아?"

"빙고, 인가요?"

"딩동댕~."

세 사람은 오브젝트의 입구에 섰다. 그곳에는 비가 억수처럼 쏟아지고 있었다. 게다가 색깔만 봐도 평범한 비는 아니었다. 어두워서 그런 건지는 모르겠지만, 방울져 떨어지고 있는 이 액체는 명백하게 검은색을 띄고 있었다.

"이걸 맞으면 어떻게 될까요?"

"기억의 비라고 부르는 걸 보면…… 기억이 담겨 있을지도 모르겠군요……."

"……기억."

리네무의 표정이 밝지 않았다. 아니, 금방이라도 울음을 터뜨릴 것만 같았다. 그녀는 만에 하나라도 물방울이 자신에게 튀는 것을 피하려는 것처럼 한 걸음 물러섰다.

"제가 괜찮은지 시험해보죠."

"괜찮겠어요?"

"뭐, 여차하면— 이걸로 어떻게든 해보겠어요."

쿠루미는 〈자프키엘〉을 가볍게 두드렸다. 기억에 대미지를 주는 거라면, 『시간을 되감는다』는 방법으로 이론상 피해를 완전히 막을 수 있을 것이다.

"그럼 다녀오겠어요."

쿠루미는 숨을 깊이 들이마신 후, 힘차게 한 걸음을 내디뎠다. 그 순간, 억수처럼 쏟아지던 비가 쿠루미의 온몸에 침투했다.

그 순간, 쿠루미는 탄식하며 체념했다.

—이건, 무리군요.

쿠루미는 나아갔다. 이 공간의 어둠도, 억수처럼 쏟아지는 비도 두려워하지 않는다는 듯이, 『달의 목소리』를 향해 걸음을 옮겼다.

"……괜찮나요?"

히비키가 묻자, 쿠루미는 그녀를 돌아보면서 빙긋 웃었다.

"글쎄요."

그 말이 도발적으로 들린 히비키는 자신의 마음속 깊은 곳을 휘감는 불쾌감을 느꼈다.

"그럼 저도 거기로 갈게요. 만약 위험할 것 같으면 쿠루미 씨의 천사로 어떻게 해주세요."

그렇게 말하며 걸음을 내디딘 히비키는 기억의 세례를 받았다. 그리고 쿠루미와 얼굴을 마주했다. ─그런 두 사람의 심각한 표정에는 깊은 슬픔과 우려가 어려 있었다. 그리고 리네무를 향해 고개를 돌린 그녀들의 얼굴에는─ 연민이 깃들어 있었다.

"……리네무 씨에게는 무리일지도 모르겠네요."

그 연민 어린 시선에 열이 뻗친 리네무는 자신을 말리는 두 사람을 개의치 않으며 걸음을 내디뎠다.

하늘에서 쏟아지는 기억이 피부와 머리카락, 그리고 신경에 침투하면서 뇌를 유린했다.

◇

─자, 악의에 찬 이야기를 나눠보자.

사람 셋이 모이면 깨가 쏟아진다, 라는 말은 누가 했을까. 남자든, 여자든 간에 **이 자리에 없는 타인의 험담**만큼 재미

있는 이야깃거리는 없다.

그 대상이 인기가 상승 중인 아이돌이라면 더욱 재미있을 것이다.

열광은 실망으로, 실망은 증오로, 증오는 탁류가 되며, 거기에 정당성이 더해진다면 인간은 너무나도 간단히 타인을 매도하게 된다.

그녀가 받은 것은, 바로 그런 매도이자—.

"아아, 이거였구나."

리네무는 탄식했다. 그녀는 컴파일 때 출현한 검은 기둥을 만지고, 지옥을 체감했다.

—아냐! 나는 그런 짓 한 적 없어!

아무리 외쳐도, 누구도 납득하지 않았다. 믿어주지 않았다. 설령 믿어주는 주는 이가 있더라도, 소리 내어 말해주지 않았다.

자신을 향해 내던져진 악의.^{죽어버리면 좋을 텐데}

반론을 용납하지 않는 폭론(暴論).^{몸을 팔았을 게 뻔해}

아냐, 아냐, 아냐, 아냐, 아냐!!^{그건 거짓말, 거짓말, 거짓말, 거짓말이야}

큰 소리로 외쳐도, 울어도, 울부짖어도, 화내도, 말꼬리를 잡고, 놀리며, 비웃음의 대상으로 삼았다.

—너는 몸을 팔아가며, 노래를 해왔어.

그런 짓 한 적 없어—.

―너는 남들 몰래 팬들을 바보 취급 했어.

말도, 안 돼―.

―너는 담배를 피우고, 술을 마시며, 밤이면 밤마다 유흥을 즐겼어.

저는 아이돌이에요. 아이돌은 그런 짓을 하면 안 돼요―.

그래.

그렇다면.

왜.

이런 말을 듣고 있는 거지?

너는 노래를 하기 위해 몸을 팔고, 기분 좋아지기 위해 몸을 팔고, 술을 사기 위해 몸을 팔고, 더러워지기 위해서, 엉망이 되기 위해서, 밑바닥으로 떨어지기 위해 몸을 팔았어. 사랑을 팔고, 존엄을 팔고, 인간의 마음을 팔고, 기계적으로 노래하고, 팬들을 바보 취급해 온 네 녀석의 노래는 역겨울 정도로 더럽지. 네 노래가 뛰어난 건 너를 지원하는 스태프에게 몸을 팔았기 때문이야. 이 쓰레기, 쓰레기, 쓰레기!

"커……억."

알고 있다.

건너편 세계가 즐거운 곳이 아니라는 것은 나도 잘 알고 있다. 하지만, 그래도, 이건, 이것만은 몰랐다. 알고 싶지 않앗다. 자신을 중심으로 세계가 돌아가고 있으며, 그런 세상의 모든 인간이 자신을 비웃고 있는 이 감각만큼은 말이다.

스캔들이라는 용어로 단순히 넘어갈 수 있는 게 아니다.

악의의 임계점, 심장을 태우는 말뚝이 박힌 듯한 느낌이다.

무대에 섰을 뿐인데, 온몸에서 소름이 돋았다. 입을 열려고 했을 뿐인데 구역질이 났다. 입을 열었을 뿐인데, 목이 짓뭉개지는 듯한 고통이 엄습했다.

그리고, 더한 조롱이 리네무를 덮쳤다.

―있잖아, 너 같은 아이돌은 얼마든지 있는데, 왜 그렇게 바득바득 노래를 부르려고 하는 거야?

아까 전의 독설을 듣고 달궈진 말뚝이 심장에 박히는 기분을 맛봤다면, 지금은 동맥에서 피가 서서히 빠져나가는 느낌을 받았다.

자신만의 팬이 되어줬으면 한다, 자신의 노래만 들어줬으면 한다…… 그런 분에 넘치는 소리를 할 생각은 없다. 하지만 기다려줬으면 한다. 저 아이는 나보다 노래도 못 부르고, 춤도 서투르며, 웃음도 어설픈 데다, 팬들을 바보 취급하면서 비웃는데…….

왜…….

내가 아니라 그녀를 선택하는 걸까.

마치, 내 노래가 하찮은 것만 같았다. 이 세상에 아무런 영향을 끼치지 못하며, 인간의 가치관을 바꾸지도, 아니, 다들 「그저 배가 고파서 근처에 있던 걸 대충 먹었다」는 듯한 태도로 내 노래를 듣고 있다.

　기억이 뒤섞였다. 자신이 믿었던 것들이 짓밟히고 있다.

　그래서 나는 노래를 하지 못하게 됐다. 눈앞에서 열광하는 그녀들을 믿지 못하게 됐다. 왜냐하면, 그녀들은 자신 때문에 열광하고 있는 것이 아니다.

　열광하지 않으면 죽기 때문에 열광하고 있는 것이다.

　그뿐이다. 우연히 자신이 그곳에 있었을 뿐, 상대가 누구라도 상관없다. 자신이 죽을힘을 다해 노력하더라도, 아무도 쳐다봐주지 않을 뿐만 아니라 무가치하다며 비웃기만 할 것이다.

　노래할 수 없다.

　왜냐하면, 노래를 할 의미가 없다.

　현실 세계에서, 그것을 알고 만 그녀처럼 말이다.

　"아…… 으……."

　기억의 비를 계속 맞는다는 것은 「그녀」의 기억을 계속 접한다는 것이기도 했다. 그렇다. 이 비가 바로 제9의 정령— 한 번도 이 인계를 방문하지 않았던 어느 소녀가 자아낸, 지옥의 원천이었다.

　정령이 된 계기이자, 인계에 새겨진 손톱자국.

리네무는 생각했다.

이런 걸 보고, 듣고, 휩싸이고도, 노래할 수 있는 이가 있을 리 없다.

나아갈 수도, 도망칠 수도 없다.

운석 같은 악의에, 인간은 그저 짓눌려 으스러질 뿐이다.

"……싫……어……."

"—싫다고요? 그럼 앞으로 나아갈 수밖에 없겠군요."

거부의 말에, 섬광 같은 목소리가 답했다.

"—아."

그렇다. 그러고 보니 나는 왜 나아가려고 한 것일까. 그 이유는 간단했다. 다른 두 사람이 아무렇지도 않게 이 비를 맞으면서 나아갔기 때문이다.

그래서 자신도 할 수 있을 거라고 생각했다.

"어, 째서……."

어째서, 너희는 이 악의의 비를 맞고도 아무렇지 않은 거야?

히고로모 히비키는 대답했다.

"으음~, 말쿠트의 준정령은 항상 악의를 접하며 사니까요. 그리고 저는 피치 못할 사정이 있어서 이 악의에 계속 맞서왔거든요."

토키사키 쿠루미가 입을 열었다.

"······세계는 잔혹하답니다. 인간은 악의의 응집체죠. 구원 같은 것은 어디에도 없으며, 아이돌은 겉모습만 보는 팬들에게 소비되는 오락거리에 지나지 않아요."

하지만, 하고 말을 이은 쿠루미가 비에 젖은 인공적인 하늘을 총으로 겨눴다.

"하지만, 그게 뭐 어쨌다는 거죠?"

쿠루미는 방아쇠를 당겼다.

의미 없는 탄환이 의미 없는 하늘 너머로 사라졌다. 빗소리에 섞여 탕 하는 희미한 소리가 들린 걸 보면, 천장에 명중한 것 같았다.

"노래는 사람이 만들어낸 기술이자, 업(業)이랍니다. 그리고 아이돌이 된 당신은 노래를 할 자질을 지닌 게 아니라, 노래를 할 수밖에 없는 저주에 걸린 거죠."

"······저주······."

"그래요. 저주랍니다. 노래하기로 결심하고, 아이돌이 되기로 맹세했죠. 팬들을 한 번이라도 기쁘게 해주기로 맹세한 거예요. 잊히더라도, 비난당하더라도, 노래를 관둬서는 안 된답니다. 그리고 지금, 이곳에는 당신의 팬이 되려 하는 어리석은 자가 두 명이나 있죠."

"······팬······이라니······."

눈앞에 있는 두 사람— 비에 젖은 히고로모 히비키, 그리고 토키사키 쿠루미.

"아직도 눈치채지 못한 건가요? 당신은 **앞으로 나아가고 있어요.**"

"어라?"

리네무는 허둥지둥 뒤편을 돌아보았다. 자신은 비를 맞자마자 실신했다고 생각했는데, 어느새 비가 내리고 있는 공간을 절반 이상 나아간 것이다.

울먹이면서…….

흐느끼면서…….

피를 토할 듯한 악의를 견디며, 앞으로 나아가고 있었다.

"예전에 말씀드렸을지도 모르지만, 저는 아이돌에 관심이 없답니다. 하지만, 듣고 싶다— 는 생각이 드는군요. 죽도록 괴로운 기억을 접하면서도, 그걸 견디며 나아가고 있는 당신의, 그 힘찬 노래를 말이죠."

"……바보…… 같은 소리…… 하지 마……."

앞으로 나아가고 있다.

한 걸음, 한 걸음, 나아가고 있다.

스스로도 놀랍지만, 절대 멈춰 서지 않았다.

소용돌이치는 기억의 격류는 지금도 키라리 리네무의 뇌를 휘저으며 괴롭히고 있는데도…….

쿠루미의 말을 이해하며, 그 말에 부응한 정신이 남아 있었다.

"나…… 나의…… 노래는…… 왕도……적인…… 아이

돌…… 팝……이야. 하나도…… 힘차지…… 않아…….”

“폼나게, 노래하고, 춤추는 건, 눈부시게 멋지단 말이야아 아아앗!”

손을 뻗었다.

손을 뻗고야 말았다.

“그런가요. 그럼 저는…….”

“그렇다면, 저는…….”

—키라리 리네무의, 팬이 되겠어요.

리네무는 두 사람이 손을 잡고 잡아당겨준 덕분에 그녀들이 있는 곳으로 당도했다. 찬란하게 빛나는 무언가 덕분에 그 장소에는 비가 내리지 않았으며, 옅은 빛에 감싸여 있었다.

리네무는 그 빛이 스포트라이트 같다고 멍하니 생각했다.

“이건…… 마이크……?”

바닥에는 마이크가 놓여 있었다.

“아마 이게 당신이 원하던—『달의 목소리』가 아닐까요?”

그럴까. 그랬으면 좋겠다고 리네무는 생각했다. 하지만 노래할 수 있을까. 입을 열고 노래를 하려고 해봤지만, 여전히 목소리는 나오지 않았다. 기억의 비를 맞은 탓에 말을 하는 것도 무서웠다.

“이것을 통해 진짜로 노래를 할 수 있게 될지는 모르겠지만. 영력 덩어리인 것은 틀림없어 보이네요."

쿠루미는 히비키의 말을 듣고 고개를 끄덕였다.

"그렇군요. 이 마이크의 영력을 흡수하기만 해도 엄청날 것 같아요."

인계에서는 영력이 체력이자, 기력이자, 돈이자, 권력이다. 이 마이크를 파괴하면, 단순한 영력으로서 흡수할 수도 있을 것이다.

"……진짜로 내가 가져도 되는 거야?"

"마음이 바뀔 것 같으니, 서둘러 주시면 좋겠군요."

쿠루미가 그렇게 말하자, 리네무는 몸을 부르르 떨었다. 그녀의 목소리에는 진실미가 어려 있었다.

심호흡.

기도하는 심정으로, 소망을 비는 심정으로, 리네무는 그 낡은 마이크를 쥐었다.

—어둠.

아니, 그렇지 않다. 희미한 빛이 반짝이고 있다. 형광봉의 바다를, 텔레비전 너머에서 보고 있는 것 같았다.

소녀는 숨을 토했다. 전류 같은 긴장감이 리네무에게도 전해져 왔다.

'아아, 그래. 이건—.'

순식간에 뭐가 어떻게 된 것인지 이해했다. 그녀는 예전에 리네무에게 그 기억을 보여줬던, 건너편 세계의 아이돌이었다.

올바르다고 믿는 길을 나아간 바람에, 불합리한 절망을 맛보고 만 소녀였다.

그래서 소녀는 대기실에서 이렇게 공포에 떨고 있었다.

'……어? 좀 이상하지 않아?'

리네무는 위화감을 느꼈다. 절망에 빠져 있던 소녀가 왜 떨림을 참아가며 대기실에 있는 걸까.

은퇴한 거라면 납득이 된다. 방에 틀어박혀 있다면 납득이 된다. 노래를 할 수 없더라도, 자신이 꿈이었던 아이돌의 곁에 있고 싶어 하는 거라면─ 조금이지만 이해가 될 것이다.

하지만 그녀가 입은 것은 아이돌 의상이었다.

노래하는 것을 두려워하면서도, 이렇게 자신의 호명될 때를 기다리고 있었다.

'어째서? 너는 노래를 못하잖아?'

자신은 기억을 체감하고 있을 뿐이다. 이 기억의 주체인 본인으로서 경험한 것은 아니다. 그래서 겨우겨우, 진짜 겨우겨우 말을 할 수 있었다. 만약 본인이라면 말을 하는 것은 고사하고, 타인과 만나는 것도 거절했을 거라 확신했다.

아니, 실제로 그런 상태였다는 것을 그녀의 기억이 일전에 알려줬다.

목소리도 낼 수 없었다.

죽을 생각도 했다.

하루하루가 지옥 같았으며, 살아있는 게 괴로웠다.

자신보다 더 암흑을 품고 있으면서, 왜 이곳에 있는 걸까. 불가사의하게도, 그 기억만큼은 알 수가 없었다. 하지만 무슨 일이 있었던 것은 분명했다.

그리고 그 무슨 일 때문에, 다시 무대에 서려고 하는 것이다.

"―씨, 무대에 올라 주십시오~!"

어시스턴트의 외침에 소녀는 힘차게 자리에서 일어났다.

떨림은 순식간에 사라졌으며, 아이돌다운 표정을 지었다. 하지만 그녀의 기억을 들여다 본 리네무는 알 수 있었다. 마음의 떨림이 아직 사라지지 않았다는 것을 말이다.

매도당하는 것을, 경멸당하는 것을, 비웃음을 사는 것을 진심으로 두려워하고 있었다.

하지만 무대로 향하는 소녀는 단 한 번도 걸음을 멈추지 않았다.

'저기, 어째서야? 너는, 어째서, 다시 무대로 향할 수 있는 거야?'

노래를 할 수 없었다.

말조차 할 수 없었다.

죽었더라도 이상할 게 없었다.

그런데······.

어째서, 무대에 서 있는 걸까.

넘쳐흐를 듯한 형광봉의 바다, 환성, 그리고 스포트라이트.

만약 저 무대 위에 있는 이가 자신이었다면 주저앉은 채 아무것도 못할 것이다.

하지만, 그녀는 노래를 시작했다.

낭랑하고 아름답게— 당당한 표정으로, 사랑스러운 미소를 지으며, 때때로 울음을 터뜨릴 듯이 눈동자를 촉촉이 적셨다. 그 모습은 완벽하면서도 동시에 빈틈이 있었다. 마치 관객(당신)에게만 빈틈을 보여주는 거예요, 하고 속삭이듯이 말이다.

남에게 사랑받고, 남을 사랑에 빠뜨리는 마법 같았다.

중요한 점은 그 마법을 이 아이돌이 믿고 있다는 것이다. 노래와, 사랑을 믿고 있다.

그렇게 흉측한 일을 겪었으면서도, 믿으려 하고 있었다.

리네무는 기억의 표층에서 내면을 향해 무심코 손을 뻗었다. —그곳에 있는 것은, 말이었다.

진심에서 우러난 말, 목숨을 걸고 그녀에게 전한 말.

'—그래. 당신은 믿은 거구나.'

이 소녀를 불신에서 건져 올려준 것은, 이해타산이 섞이지 않은 용기와 말.

세계를 적으로 돌리든, 세상이 자신을 책망하든, 자신을 믿어주는 존재.

하지만, 그것만이 아니다. 정신을 차리고 보니, 주위에 있는 모든 이들이 자신을 지켜봐 주고 있다는 사실을 깨달은 것이다.

이 세상에는 혐오스러운 사람만이 아니라, 사랑스러운 사람도 존재한다.

그건 그녀가 오늘, 이날을 맞이할 수 있도록 분주하게 뛰어다닌 매니저이기도 하고, 적은 예산을 최대한 활용해서 멋진 의상을 마련해준 디자이너이기도 하며, 지금도 무대 주위를 뛰어다니고 있는 어시스턴트이기도 했다.

그리고 혹은, 자신과 마찬가지로 최선을 다하고 있는 아이돌이기도 한 것이다.

그렇게, 드디어, 뒤늦게나마, 키라리 리네무는 깨달았다.

자신이 노래하고 있을 때, 스포트라이트로 자신을 비춰준 이는 누구인가.

자신의 댄스를 함께 짜준 이는 누구인가.

자신에게 노래를 만들어 준 이는 누구인가.

그 사람은 자신을 믿는 누군가이자, 자신과 함께 꿈을 만들어나가는 누군가다.

이름도 모르는 소녀는 열심히 노래했다.

그러면서도 불안에 사로잡혀 도망치고 싶은 심정을 필사

적으로 억누르고 있다는 것을, 리네무는 알 수 있었다.

그걸 막고 있는 건, 그녀 자신이 아니라 그녀를 믿는 누군가였다.

더러운 암흑과 실추를 경험했음에도 눈부시게 찬란한 세계를 노래하는 것이― 그녀는 옳다고 누구보다 믿고 있었다.

아니, **믿어보라**고 리네무에게 말하는 것만 같았다.

리네무는 자신의 두 번째 무대를 떠올렸다. 오디션 라이브에서 손님들을 흥분시킨 덕분에 자신감이 있었다. 하지만 마음 한편에는 실패할지도 모른다는 불안감이 존재했다.

오디션 라이브에서는 열중한 덕분에 댄스와 노래가 완벽했지만, 실제로 손님 앞에서 선보일 때 실수를 범하는 일은 의외로 흔했다―.

"괜찮아요, 리네무 씨."

소녀는 리네무의 두 손을 꼭 잡더니 시선을 맞추며 입을 열었다.

"당신이라면, 분명 괜찮을 거예요."

이치에 맞는 것은 고사하고, 그저 어수룩하기만 한 격려의 말이었다.

'아아, 그래.'

리네무의 마음에서는 언제 어느 때나 용기가 샘솟아 나오지는 않았다. 항상 무섭고, 항상 두려웠다. 언젠가 관객들이 자신의 노래에 질릴지도 모른다는 생각을 하기만 해도, 두려움 때문에 잠을 잘 수가 없었다.

하지만, 항상 누군가가 용기를 줬다.

자신 이외의 누군가, 자신을 떠받쳐주던 누군가가 「괜찮다」는 말을 해준 것만으로 어떻게든 견뎌왔다.

하지만, 그걸 항상 잊고 있었다. 무대에서 노래하는 자신이 가장 잘났다, 그리고 가장 강하다는 착각에 사로잡혀 있었다.

타인으로부터 용기를 받고 있다는 걸 잊었던 겁쟁이는 그렇게 치명적인 실수를 범하고 말았다.

……노래를 할 수 없게 된 순간, 패닉 상태에 빠진 자신은 그 목소리를 들으려 하지 않았다.

가장 잘난 존재가 아니게 되었으니, 가장 못난 존재가 되었다는 착각에 빠졌다.

노래를 못하게 된 것은 용기를 받을 수 없게 되었기 때문인데도 말이다.

"그럼 대체 누구에게 받으면 되는 거야?"

이 소녀처럼, 당당하게 노래할 수 있을 정도의 용기를…….

"에이, 그야 간단하잖아요~."

갑자기, 기억의 시간이 정지됐다. 노래도 멈췄고, 소리도 멈췄으며, 팬들이 열광적으로 흔들고 있는 팔도 움직임을 멈췄다.

기억 속의 아이돌이 리네무를 향해 돌아서면서 속삭이듯 말했다.

"용기가 필요하다고, 눈앞에 있는 두 사람에게 이야기하면 돼요~. 저 두 사람은 당신의 팬이니까요."

"……그런다고, 노래를 할 수 있을까?"

"할 수 있어요~. 응원해주는 사람이 단 한 명뿐이었는데도, 저는 그 사람을 믿으며 노래를 할 수 있었어요."

아이돌은 가슴에 손을 얹고, 그 추억을 그리워하는 듯한 어조로 그렇게 말했다.

"……그래. 노래할 수 있구나. 네가 그렇게 말한다면 분명 틀림없을 거야."

아이돌은 생긋 웃으면서 말을 이었다.

"이쪽 세계로 오지 않을래요? 분명 크게 환영해 줄 거예요— **진짜 제가 말이에요.**"

"공교롭게도 나 같은 애를 따라 주는 아이가 있어. 그 애와 함께라면 몰라도, 두고 갈 수는 없어."

"으음~, 유감이네요~. 이렇게 귀여운데 말이에요~."

"뭐, 네 노래도 제대로 들어보고 싶긴 해. 하지만 지금은 내가 노래를 하는 게 더 중요하니까…… 그것보다, 머리 쓰다듬지 마, 귀 만지지 마, 턱 매만지지 마!"

기억 속의 소녀는 개의치 않는다는 듯이 깔깔 웃더니, 갑자기 진지한 표정을 지으며 말을 이었다.

　"아쉽지만, 이 기억은 여기까지예요. 이건, 제가 지금의 제가 되었을 때의 소중한, 정말 소중한 추억(메모리) 중 하나랍니다. 이게 있는 한, 저는…… 몇 번이든, 노래할 수 있어요. 하지만 당신에게 이게 먹히는 건, 분명 이번 한 번 뿐이겠죠."

　"그럴 거야. 그래도 걱정하지 마. 뒷일은 내가 직접 어떻게든 해볼게."

　리네무가 손을 내밀자, 아이돌은 빙긋 웃으면서 그 손을 잡았다.

　"그러고 보니 팬이 아닌 사람과 악수를 하는 일은 흔치 않은 것 같아요~."

　"그러네. ……그리고 아이돌로서 충고를 해줄까 하는데 말이야."

　"예?"

　"미소녀와 악수를 할 때마다 짐승 같은 눈빛을 머금는 건 좀 문제가 있지 않을까?"

　"어라~, 저도 모르게 그랬네요~. 타고 난 성품이거든요."

　에헷, 하고 웃으면서 뒤통수를 긁적이는 이 소녀에게서는 반성하는 기색이 전혀 느껴지지 않았다. 리네무도 그저 못 말리는 사람이라고 생각하며 웃음을 흘렸다.

　"라이브를 방해해서 미안해."

"아뇨, 당치도 않아요. 귀여운 여자애는 언제 어느 때나 대환영이니까요."

그때 갑자기 바람이 불었다. 그에 리네무는 기억이 끝을 맞이했다는 걸 깨달았다.

─그리고 충고 하나만 할게요~! 친구든, 연인이든, 어떤 카테고리이든 간에, 소중한 사람에게는 그 사람이 소중하다는 걸 제대로 알려두는 편이 좋을 거예요.

마지막으로 그런 어마어마한 폭탄이 투하된 직후─.
항의할 틈도 없이 리네무는 즉시 기억 밖으로 쫓겨났다.

◇

눈을 떴다. 히고로모 히비키는 불안한 표정으로, 토키사키 쿠루미는 딱히 관심 없다는 듯한 눈길로 키라리 리네무를 응시하고 있었다.

"나, 얼마나 정신을 잃었던 거야?"

히비키는 그 말을 듣고 미간을 찌푸렸다.

"예? 마이크를 쥐고 5초도 지나지 않았는데요?"

"아, 그래? 순식간이었구나."

찰나의 틈바구니에서, 마이크 안의 기억을 접했다. 방대한

영력으로 만들어진 기억은, 아마 건너편 세계에 있는 정령의 기억일 것이다. 이곳이 예소드인 점을 고려한다면 제9의 정령의 기억이리라.

그녀는 건너편 세계에서 아이돌 활동을 하고 있는 것 같았다. 어쩌면 그녀가 아이돌이기 때문에, 자신들은 아이돌을 존재이유로 삼고 있는 것인지도 모른다.

리네무는 그쯤에서 생각을 멈췄다. 그런 건 아무래도 상관없다. 지금은 자신이 아이돌이라는 것이 무엇보다 중요한 것이다.

"그래서, 노래를 할 수 있을 것 같나요?"

쿠루미가 그렇게 묻자, 리네무는 고개를 저으면서 일어섰다.

"일이 그렇게 술술 풀리지는 않네. 아직은, 노래를 못할 것 같아."

"……**아직은?**"

쿠루미의 되물음에 리네무는 가슴을 펴며 말을 이어나갔다.

"결국 세상일이라는 건 뜻대로 되지 않는다는 거야. 이건 컴파일 때 생겨난 결정에 불과하거든."

"어머나, 그랬군요. 하지만 컴파일 때 생겨나는 건 검은색 기둥 아닌가요?"

"극히 드물게 특이한 결정이 생겨나기도 한다는 소문을 들은 적이 있지만, 직접 본 건 처음이에요."

"뭐, 아무튼 간에 이건 영력 덩어리에 불과해. 건너편 세계에 비유하자면, 일확천금의 보물 같은 거야. 빈껍데기인 엠프티가 되더라도, 이걸 흡수하면 영력이 고갈될 일 없이 살아갈 수 있을지도 몰라."

리네무는 딱히 흥미 없다는 듯한 투로 그렇게 말하며 마이크를 품속에 넣었다.

"흡수하지 않을 건가요?"

"지금 함부로 흡수했다간…… 진짜로 노래를 못할지도 몰라. 나는 그냥 빠듯한 정도가 딱 좋아."

리네무는 그렇게 말한 후 자신만만한 웃음을 흘렸다.

"빠듯하다는 건, 역시……."

히비키는 고개를 푹 숙였다. 리네무는 히비키가 착한 아이라는 생각이 들었다. 이제야 타인을 지켜볼 여유가 생긴 것 같다.

"……혼자서는, 노래할 수 없어. 하지만 너희 둘은 내 팬이잖아?"

팬이 있다. 자신이 노래를 불러주기를 바라는 이가 있다.

그것만은 잊을 수 없다. 자신을 위해 노래하는 것도, 다른 누군가를 위해 노래하는 것도 소중하다. 그 둘은 비교대상이 아닌 것이다.

"그러니까, 너희의 용기를 나눠 줘. 그럼 분명 노래를 부를 수 있을 거야."

"뭐, 제가 할 수 있는 건 응원뿐이지만 말이죠."

"······아뇨. 그렇지 않아요, 쿠루미 씨."

그때 히비키가 갑자기 입을 열었다.

어찌된 영문인지, 그녀의 목소리에는 환희의 떨림이 어려 있었다.

"왜 그러시죠?"

"왜 그래?"

두 사람은 의아해 하면서 그렇게 물었다. 하지만 히비키는 그 말이 들리지 않는 것처럼, 계속 떨면서 말을 이어나갔다.

"한 명만 더, 한 명만 더······ 러블리, 케이오스, 그럼 스타일리시가 좋지만 반오인 씨는 물리적으로 불가능해. 하지만······ 아니, 잠깐, 장르가 아니라 색깔로 보는 거야. 파란색, 블루, 청색······ 창 씨!"

쿠루미는 신경에 거슬리는 이름이 나오자 인상을 찡그렸다.

"왜 느닷없이 그 여자의 이름을 언급하는 거죠? 정말 불쾌하군요."

"앗, 죄송해요! 죄송해요! 아무튼, 플랜A가 완성됐어요! 리네무 씨에게 용기를 주기 위한 획기적 플랜이에요!"

"그게 뭔데?"

"일단 중앙구로 돌아가죠. 여기서 농땡이를 피우고 있어선 죽도 밥도 안 돼요! 이야~, 빅 프로젝트가 될 것 같네요~!"

히비키가 들뜬 목소리로 그렇게 외치자, 쿠루미는 약간 불길한 느낌을 받았다. 아무튼, 기억의 비를 맞으면서 돌아갈 수도 없기에, 쿠루미는 총탄으로 스톰 마운틴의 천장을 파괴해서 그곳을 통해 탈출하기로 했다.

　—그 이후.

　그 구멍을 통해 가장 먼저 밖으로 나온 이는 쿠루미였고, 그것이 **그녀들**의 운명을 갈랐다. 하지만 그것은 생사가 관여된 문제가 아니었다. **한 명 해치웠을까 한 명도 해치우지 못했을까**의 차이에 불과한 것이다.

　준정령들이 손에 쥔 무명천사는 무기이자 호신용 병기이기도 했다. 예를 들자면, 키라리 리네무가 지닌 무명천사 〈아마데우스〉는 소리를 조작할 수 있으며, 인간의 살상에는 적합하지 않지만— 소리의 충격으로 상대를 혼절시키는 것은 가능하다.

　하지만 무명천사를 다루는 데 있어서 중요한 것은 기술이 아니라 정신력이다. 『적을 죽인다』라는 단순명쾌한 논리를 육체에 납득시키지 못한다면 무기를 휘두를 수 없다. 그런 의미에서 본다면, 리네무가 적을 해치우는 것은 불가능하리라.

　그녀에게 있어 무명천사란, 자신의 노래를 먼 곳까지 울려 퍼지게 하기 위한 것이다.

　한편, 과거에 토키사키 쿠루미로서 싸운 적이 있는 히고로모 히비키는 준정령 간의 사투에 익숙했다.

　하지만 그녀의 무명천사는 거대한 갈고리 형태를 지닌 〈

킹 킬링〉이며, 이 상황에 대응하기에는 적합하지 않다.

하지만 처음 공격을 운 좋게 피한다면 반격은 가능할지도 모른다.

그리고, 토키사키 쿠루미.

건너편 세계에서 사상 최악의 정령이라 불렸던 재앙. 그야말로 차원이 다른 힘을 지닌, 순수한 정령.

……즉, 그녀들은 운이 나빴다.

구멍에서 얼굴을 내민 토키사키 쿠루미의 머릿속에서, 방아쇠를 당겼을 때를 연상케 하는 소리가 울려 퍼졌다. 출구를 향해 떠오르며 다른 이들과 잡담을 나누던 쿠루미는 그살의를 자각한 순간, 거의 무의식적이라고 해도 과언이 아닐 만큼 자연스럽게 〈자프키엘〉의 단총을 뽑아들었다.

상대가 먼저 방아쇠를 당겼지만, 그것은 아무런 의미도 없다.

살의를 느끼고, 상대의 공격이 어떤 것인지 판단한 후, 그에 맞춰 대응한다.

토키사키 쿠루미는 그런 행동을 무의식적으로 취할 수 있을 만큼 전투 경험을 쌓았던 것이다.

결국, 저격수가 쏜 총탄은 쿠루미의 단총에서 발사된 총탄에 의해 상쇄됐다.

"두 분은 나오지 마세요!"

쿠루미는 그렇게 외치면서 구멍 가장자리를 박차며 날아올랐다.

눈으로 확인해보니— 상대는 총 네 명이었다.

첫 번째, 저격수. 무명천사는 스나이퍼 라이플. 자신의 총탄으로 상대의 총탄을 간단히 상쇄시킨 것을 보면 별 볼 일 없다. 우선순위 C.

두 번째, 저격수. 무명천사는 투석끈— 슬링. 하지만 던지는 것은 돌이 아니라 영력 덩어리다. 스나이퍼 라이플보다 파괴력은 강력할 것이다. 우선수위 B.

세 번째, 호위. 무명천사는 대형 개틀링건. 탄막을 펼쳐 상대의 접근을 막을 것이다. 우선순위 A.

네 번째, 정체불명.

자신이 뛰쳐나온 순간에는 분명 존재했지만, 지금은 모습을 감췄다. 자신이 뛰쳐나온 순간, 사라진 것이다. 자신의 실력을 이해하고, 모습을 보이는 걸 두려워한 누군가— 얼이 나간 듯한 반응을 보인 다른 세 사람과 대조적이었다.

쿠루미는 가볍게 헛기침을 했다.

그리고 아연실색한 그녀들에게 말을 걸었다.

물론 항복을 권하지는 않았다. 아직 전력차가 압두적인(상대방은 그렇게 생각하고 있을 것이다) 이상, 그것은 의미 없는 행동이다.

"지금 사라진 여자는 누구죠?"

대답 대신, 냉철하기 그지없는 눈빛이 쿠루미를 꿰뚫었다. —그 순간, 쿠루미의 등골을 타고 희열이 샘솟았다.

그렇기에 쿠루미는 일단 자기 자신을 총으로 쏘기로 했다.

"〈자프키엘〉—【첫 번째 탄환】."

상대는 또다시 아연실색했다. 자신들이 죽이려던 상대가 스스로 머리를 겨누고 총을 쏜 것이다. 무기를 쥔 자신들이 바보처럼 느껴질 정도의 반전이었다.

하지만 자살을 한 소녀가 키히히, 하고 초승달 같은 웃음을 흘린 순간, 자신들이 실수를 했다는 사실을 눈치챘다.

"신체강화……!"

"이게—!"

개틀링건이 불을 뿜었다. 영력으로 된 탄환이 호우처럼 쏟아졌다— 회피, 회피, 회피, 회피.

"어?"

개틀링건을 쏘던 소녀의 시야에서, 『그녀』가 사라졌다. 어디로 사라진 거지, 하고 생각한 직후, 엄청난 충격이 덮쳐오고 그대로 의식이 멀어졌다.

어디로 사라졌다, 다음에 생각한 것은 「영문을 모르겠다」지만…… 저격수인 두 사람은 그녀의 행동 자체가 이해되지 않았다.

—왜, 멈춘 거야?

그 답은 토키사키 쿠루미의 탄환에 있었다.

"【일곱 번째 탄환(자인)】."

명중한 상대의 시간을 정지시키는, 그야말로 필살의 수단이었다. 탄막을 담당하는 이가 당하자, 저격수인 두 사람은 그대로 자리를 벗어났다. 한 명은 유원지의 관람차, 그리고 다른 한 명은 롤러코스터로 향했다.

"어머, 어머. 준정령과 싸우면서 이렇게 제대로 된 총격전(건파이트)을 벌이는 건 정말 드문 일이죠. 본격적으로 시작하기 전에, 자기소개를 하는 건 어떨까요?"

침묵.

무언.

거절.

그 태도가 그녀들이 일류 청소부라는 사실을 알려줬다. 그저 표적을 제거할 뿐, 영광을 추구하지는 않는다. 아마 말쿠트 출신일 것이다. 히비키의 말에 따르면, 말쿠트에서 벗어난 준정령들은 용병, 보디가드, 그리고 킬러처럼 전투와 연관된 일을 한다고 했다.

스나이퍼 라이플을 쥔 자가 뭐라고 중얼거렸다. 그 순간, 거대한 라이플이 축소되더니, 약간 짧은 총신을 지닌— 어썰트 라이플로 변형됐다.

"……쳇."

쿠루미는 혀를 차며 위로 날아올랐다. 그 순간, 방금까지

단발형 라이플이었던 무명천사에서 수많은 탄환이 터져 나왔다.

아까보다 위력이 약화되었기에, 몇 발 맞더라도 치명상은 입지 않겠지만…… 여러 발을 맞는다면 위험할 것이다.

그리고 아까부터 경계하고 있었던 다른 한 명의 적이 드디어 행동했다.

"하아아아아아아아아아아아앗!"

투석끈을 쥔 자가 포효를 지르면서 영력 덩어리를 던졌다. 그 영력 덩어리는 지그재그로 움직이면서 탄막 때문에 움직임을 멈춘 쿠루미를 향해 엄청난 궤도와 속도로 날아왔다.

쿠루미는 자신에게 【알레프】를 쏴서 그 자리를 고속으로 벗어났다. 방금까지 자신이 있던 장소— 바로 옆에 있던 건물이 운석이라도 떨어진 것처럼 박살났다.

"정통으로 맞았다간 머리가 박살나겠군요."

쿠루미의 입에서 한숨이 흘러나왔다.

하지만 그녀가 이제 와서 죽음 따위를 두려워할 리 없다.

쿠루미는 〈자프키엘〉의 장총과 단총을 양손으로 각각 움켜잡았다.

그리고 공중전이 시작됐다. 쿠루미는 어썰트 라이플을 무시하며 투석끈을 쥔 적에게 쇄도했다.

하지만 상대 또한 냉정하게 거리를 벌리며 또다시 영력 덩어리를 투척했다.

쿠루미는 그 두 번째 투척을 회피했지만, 어썰트 라이플의 조준이 정확해졌다.

쿠루미가 어디로 이동할지 읽고 있는 것처럼 영력 탄환이 날아왔다.

치명적이지는 않지만, 뼈가 으스러지는 듯한 통증이 느껴졌다. 하지만 저 탄환에 정신이 팔린 순간을 노린 것처럼 영력 덩어리가 날아왔다.

서로가 서로를 보완해주고 있었다. ―그야말로 이상적인 2인조였다.

눈빛 교환은 하지 않았다. 아마 통신을 통해 서로의 정확한 위치를 파악하고 있을 것이다.

"그렇다면, 그 유대를 짓밟아드리죠."

쿠루미는 죽음에 대한 두려움을 찢듯, 초승달 같은 미소를 머금었다.

"장전―【아홉 번째 탄환^{테트}】."

『B! 세 시 방향, 이번에야말로 명중시켜!』

『알았어, A!』

어썰트 라이플을 쏘고 있는 정령은 쿠루미의 예상대로 말쿠트 출신이며, 싸움을 생존이유로 여기는 자였다.

괜한 것은 묻지 않으며, 고용된 이유가 무엇이든 간에 임무를 수행한다.

건너편 세계에서는 이런 이들을 용병이라고 부르는 것 같았다. 왠지 그 말이 마음에 들었다.

아까 로스트된 개틀링건을 쥔 준정령과는 꽤 오랫동안 알고 지냈다. ……서로의 이름을 물어본 적은 없지만, 자신이 A, 투석끈이 B, 개틀링건이 C라는 명칭만으로도 충분했다. C가 탄막을 형성하면, B와 자신이 표적을 해치운다.

C가 탄막을 펼칠 수 없는 상황에서는 자신이 그 역할을 맡는다. 그리고 B가 일격필살의 공격으로 상대를 해치우는 것이다.

팀워크를 갈고닦은 그녀들은 예소드에서 악명 높은 존재가 됐을 뿐만 아니라, 여러모로 요긴하게 쓰였다. 아무리 예소드가 평화를 구가하고 있더라도, 힘을 지닌 준정령들이 모여 있다 보면 원망이 생겨나기 마련이며, 불합리한 분노 또한 넘쳐흐르기 마련이다.

그런 원망을 제거하거나 처리하는 것이 그녀들의 일이었다.

50인분의 영결정 파편으로 자신들을 고용하겠다는 말을 들었을 때는 농담이라고 생각했다. 일반적인 의뢰는 3인분에서 5인분 정도이며, 10인분이 넘으면 어마어마하게 큰 의뢰다.

파편을 내민 소녀는 표적을 깨끗하게 청소해달라고 말했다. 그것은 제삼자에게 그들이 살해당했다는 것이 알려지지 않게 해달라는 뜻이었다.

예소드에서 그러는 것은 쉽지 않다고 투덜댔지만, 다행히 표적인 세 사람은 마을을 빠져나가더니 크래들로 향했다.

그렇다면 일은 간단하다. 자신의 무명천사로 조준한 후, 해치운다.

그러면 될 거라고 생각했는데, 어째서……

"─큭!"

탄환이 스치고 지나갔다. 좀 아프지만 개의치 않아도 될 정도다. 상대가 아무렇게나 쏴댄 탄환 중 한 발이 스치고 지나갔을 뿐이다. 그걸 증명하듯, 상대의 공격은 뚝 끊겼다.

『두 시 방향으로 도망쳤어. 공격해!』

평소처럼 B의 목소리가 들려왔다. 그 목소리를 듣고 허둥지둥 두 시 방향을 향해 총을 쐈다. 궁지에 몰았다. 상대는 피폐해졌으며, 비틀거리고 있었다. 일격필살의 투석 공격은 겨우겨우 피했지만, 다음번에는 피할 수 없을 거라고 A는 생각했다. 오랫동안 쌓은 경험 덕분에 그 정도는 파악할 수 있었다.

『여섯 시 방향, 일제 사격. 숨통을 끊어버려.』

그때 그런 목소리가 들렸다. 한순간 뭔가 이상하다는 생각이 들었지만, 개의치 않으면서 여섯 시 방향을 향해 총을 쏘자— 믿기지 않는 광경이 눈앞에 펼쳐졌다.

"어?"

A는 망연자실했고, B 또한 아연실색했다.

B는 A를 향해 영력 덩어리를 던졌고, A의 어썰트 라이플에서 발사된 탄환이 B에게 명중했다. B는 즉사하지는 않았지만, 방심한 탓에 탄환을 몇 발이나 맞고 말았다. B의 영장은 투석끈에 영력을 결집시키고 있기 때문에 방어력이 좋지 않았다. 그런 B를 엄호하는 게 A와 C의 역할이었다.

B가 던진 영력 덩어리가 점차 다가왔다. 피할 수 없다. 사고속도는 빠르지만, 몸이 따라가지 못했다.

그건 그렇고, A는 B가 던진 영력 덩어리를 보면서 아이러니하게도 아름답다고 생각했다. 왠지 B에 대해 알고 싶어졌다.

아니, 알았어야 했다는 후회가 들었다. 프로답게 행동하자며 거리를 두지 말고, 어떤 것을 좋아하고 싫어하는지 이야기를 나누는 편이 좋지 않았을까…….

아아, 하다못해 그녀의 이름이라도 알아—

◇

"……왠지 제가 악역 같군요."

쿠루미는 한숨을 내쉬면서 B의 로스트를 확인했다. 용병이니 살해당할 것은 각오했을 테며, 자신을 죽이려 드는 상대와 싸우면서 손속에 사정을 둘 수도 없다.

하지만, 【테트】로 미래의 시간축에 있는 두 사람의 머릿속으로 메시지를 보내 자멸하게 만드는 것은 이미지상으로 좀 좋지 않다는 생각이 들었다. 쿠루미는 땅이 꺼져라 한숨을 내쉬었다.

"끝났나요~?"

"끝났답니다."

"뭐뭐뭐, 뭐가 어떻게 된 거야? 왜 싸우는 건데? 왜 총격전을 벌이는 건데? 왜 죽여 버린 건데?"

리네무는 부들부들 떨고 있었다. 말쿠트에서는 툭 하면 벌어지는 사투가, 예소드의 준정령에게는 받아들이기 힘든 일인 것 같았다. 이런 위기 상황에서는 아까 리네무가 보여줬던 용기와는 또 다른 종류의 용기가 필요한 것이다.

"이런 건 흔해빠진 일이랍니다~."

쿠루미는 느긋한 어조로 그렇게 말한 후, 예소드 중앙구를 손가락으로 가리켰다.

"아마 당신에게 이 정보를 준 아이돌의 짓이겠죠."

"뭐? 마우리가…… 설마……"

리네무는 충격을 받았는지 그 자리로 무너지듯 무릎을 꿇었다.

"마우리가 아니라 마유카예요."

히비키가 지적을 해줬다.

"말도 안 돼……. 그런 소시민한테, 이런 준정령을 고용할 배짱이 있을 리가 없는데……. 발레 슈즈에 압정을 넣거나, 면도날 편지를 보내기나 할 줄 알았는데……."

"언제적 이야기를 하는 거죠?"

"그런 짓을 할 정도면 용병을 고용하고도 남을 것 같은데요?"

쿠루미와 히비키가 태클을 날리자, 리네무는 고개를 갸웃거렸다.

"으음, 아무튼 간에 그 녀석답지 않은 짓이긴 해."

"그렇다면—."

쿠루미는 입을 열려다 다시 다물었다.

"그렇다면?"

"아무 것도 아니랍니다. 자, 중앙구로 돌아가죠. 어쩌면 또 기습을 받을지도 모르겠군요. 혹시 모르니 어제 묵었던 숙박시설은 이용하지 않는 편이 좋을 것 같아요."

"즉, 노숙을 하는 거네요!"

"예, 노숙을 해야 한답니다."

"뭐?! 나, 나는 싫어! 나는 매일같이 샤워를 해야으끄으윽!"

히비키가 프로 레슬링식 목조르기로 리네무를 잠재워버렸다.

"자, 시간 낭비는 그만하고 빨리 가요. 그리고 중앙구에서 저의 획기적인 플랜을 발표할게요!"

"……당신은 때때로 수단과 방법을 가리지 않는군요."

"예! 쿠루미 씨 덕분이에요! 역쿠!"

"역쿠? 그게 무슨 말이죠?"

"역시 쿠루미 씨, 의 줄임말인데요."

쿠루미는 물리공격을 통해 두 번 다시 그 줄임말을 쓰지 말라는 뜻을 전했다.

중앙구로 돌아가는 여행은 순조로웠다. 노숙을 선택한 덕분에 니트로드레스로 숙소와 함께 박살이 나는 사태를 모면한 리네무가 「할리우드 영화 같네」라고 중얼거리면서 불타고 있는 숙소에 용감하게 다가간 순간, 또다시 폭발이 일어나서 그녀가 전신 타박상을 입기는 했지만 말이다.

"당신, 대체 무슨 생각으로 이 세상을 살고 있는 건가요?"

"아무 생각도 없는 거죠? 리네무 씨는 아무 생각 없이 살고 있는 거죠?"

"죄송해요. 죽도록 반성했어요……."

히비키가 리네무를 업었고, 쿠루미는 〈자프키엘〉을 거머쥔 채 주위를 빈틈없이 경계했다.

하지만 더 이상 습격은 이어지지 않았고, 세 사람은 중앙구에 있는 준정령들의 모습이 보이는 곳까지 다다랐다.

"자~, 그럼~."

히비키가 구김 없는 미소를 지었다. 그런 히비키를 본 리네무와 쿠루미는 동시에 고개를 갸웃거렸다.

"뭐가 그렇게 재미있는 거죠?"

"그러고 보니, 뭔가 꿍꿍이가 있는 듯한 표정을 짓고 있네."

"실은 말이죠! 최고로 끝내주는 아이디어가 있어요!"

히비키는 다른 두 사람에게 가까이 와보라는 듯이 손을 까딱거렸다.

"잘 들으세요. 현재 이 자리에는 예소드에서도 최정상급인 아이돌이 두 명이나 있어요. 바로 리네무 씨와 쿠루미 씨죠."

"뭐, 맞는 말이야!"

"그런데, 그게 어쨌다는 거죠?"

"처음에는 두 분이 콤비를 짜면 좋을 것 같다고 생각했는데—."

"에이~, 나는 남한테 맞추는 건 질색이야."

"저도 마찬가지랍니다."

"아무튼 제 말을 끝까지 들어보세요. 실은 한 명 더 늘릴까 해요. 콤비가 아니라, 트리오로 가는 거죠. 즉…… 유닛을 결성하는 거예요!"

"자, 잠깐만 기다려 보세요. 한 명 더, 추가한다는 건가요?"

"예, 그래요! 쿠루미 씨도 잘 아는 그 사람을 영입하는 거죠!"

히비키의 말을 이해한 쿠루미는 진심으로 질색하는 듯한 표정을 지었다.

"……미국인이라면 『오 마이 갓!』 하고 외칠 타이밍이지?"

"그런 것 같군요……."

○ 3인조

창은 넋이 나가 있었다. 토키사키 쿠루미에게는 이겼다. 이기기는 했지만, 아이돌이 되고 말았다. 아이돌이 됐으니, 팬을 기쁘게 해줘야만 한다.

그래서 그녀는 현재, 라이브를 마치고 대기실에 있었다. 정기적으로 라이브를 해서, 팬들과 영력을 순환시킨다. 그것이 이 예소드에서의 생존법칙이다.

전부 내팽개치고 다른 영역으로 향해도 되지만, 그것은 도망치는 것이나 다름없다.

게다가 쿠루미에게 이겼다……고 주장하기에는 힘든 상황인 것 같았다.

노래 승부로 이겼기 때문이 아니라—『계략을 써서 이겼다』는 점이 왠지 마음에 들지 않았다.

그리고 반오인 미즈하의 지배하에 있는 일류 디자이너가 자신의 영장을 손봐준 것도, 치사한 짓이라는 느낌이 들었다.

일전의 아이돌 대결은, 간단히 말해 자신이 유리해지도록 미리 능력 상승효과를 잔뜩 걸어둔 다음에 느닷없이 등 뒤에서 암습을 가한 것이나 다름없었다.

그것도 「결투를 하자」는 의사 또한 밝히지 않은 상태에서 말이다.

그건 너무 비겁한 짓이었다는 생각이 들었다.

"창 씨. 좀 더 의욕을 내줄 수는 없나요? 이대로는 S랭크에 정착하고 말 거예요. 당신은 SSS— 반오인 님에게 버금가는 소질을 지니고 있단 말이에요."

반오인이 붙여준 매니저가 열정적인 목소리로 그렇게 말했다. 하지만 창은 그저 고개를 젓기만 했다.

"딱히, 관심 없어."

"으으……. 의욕은 있지만 소질이 없는 아이돌에게 당신의 소질을 나눠주고 싶네요……."

매니저는 낙담했다. 하지만 창은 미안하다고 생각하면서도 솔직하게 자신의 속내를 털어놓을 수밖에 없었다. 도저히 의욕이 나지 않는 것이다.

"그럼 저는 이 콘서트장의 관리인에게 인사를 하고 올 테니까, 창 씨는 여기서 기다려 주세요."

매니저가 그렇게 말하면서 대기실을 나서자, 창은 스포츠드링크를 빨대로 마시면서 얌전히 기다리고 있기로 했다.

"———."

그리고 낮은 총성이 들린 순간, 창은 곧바로 전투태세를 취하며 자신의 무명천사인 〈라일랍스〉를 현현시켰다. 문 너머에 누군가가 있는 것 같았다.

"누구냐. 내가 S랭크 아이돌, 창이라는 걸 알면서도, 이런 짓을 하는 거냐."

창은 문을 향해 핼버드를 내밀며 그렇게 말했다. 그러자,

문 너머에서 목소리가 들려왔다.

"물론 알고 있답니다."

"······토키사키 쿠루미······!"

"문을 열어도 될까요? 그리고 무기를 치워주시면 감사하겠군요. 문을 연 순간, 바로 달려드는 건 금지랍니다."

"뭐 하러 온 거야?"

"앞으로의 일에 대해, 당신과 이야기를 나누고 싶어서 말이죠."

창은 미심쩍어 하면서도 그녀가 이 대기실에 들어오는 것을 허락했다. 그러자 천천히 문이 열렸다.

"하아, 가능하면 당신을 만나고 싶지는 않았는데 말이죠······."

찾아온 이는 토키사키 쿠루미, 히고로모 히비키, 그리고 처음 보는 금발 소녀, 이렇게 세 명이었다.

"오랜만이야. 나한테 리벤지를 하려고, 몰래 트레이닝이라도 하고 있을 줄 알았어."

쿠루미는 창의 말에 노골적으로 인상을 찡그렸다.

"제가 그런 성가신 방법을 고를 리가 없잖아요? 저는 최대한 빨리 이 영역을 탈출할 생각이랍니다."

"흐음~."

창은 히비키를 향해 고개를 돌렸다. 정장 차림인 그녀는 「음음, 역시 내 안목은 정확해」라고 중얼거리고 있었다. 창은 금발 소녀를 손가락으로 가리키며 대충 물었다.

"이 노란 애는 누구? 강해?"

"키라리 리네무! 이 영역의 아이돌이면서 내 이름을 모른다는 건 말도 안 되거든?!"

"몰라. 그것보다 토키사키 쿠루미, 승부? 승부하러 왔어? 승부하러 온 거지? 아이돌 승부든, 맨손 승부든, 전부 좋아…… 뭐든 좋아……."

창은 쿠루미에게 서서히 접근하면서 그렇게 말했다.

"아니랍니다."

그래서 쿠루미는 끝내주는 미소를 지으며 그렇게 대답했다. 그러자 창은 고개를 푹 숙였다.

"으음~, 실은 말이죠. 저희는 창 씨를 데려가려고 왔어요!"

"뭐?"

창은 영문을 모르겠다는 것처럼 고개를 갸웃거렸다.

"흐음, 표정의 변화는 적지만 리액션은 재미있는 애네. 확실히 유망주이긴 한데…… 쿠루미는 몰라도, 나를 따라올 수 있겠어?"

리네무는 코웃음을 치면서 창을 내려다보았다.

창은 쿠루미를 향해 고개를 돌렸다. 그리고 무슨 소리인지 묻는 듯한 눈빛으로 응시하자, 쿠루미는 성가시다는 듯이 손을 내저으며 입을 열었다.

"자세한 이야기는 히비키 양에게 들어주세요. 솔직히 말해, 저는 내키지가 않는답니다."

"무슨 소리야? 히고로모 히비키, 설명해줘."

"그·러·니·까~."

히비키, 아니, 히비P는 씨익 웃었다.

"리네무 씨가 부활하고, 쿠루미 씨가 이 영역을 탈출하고, 창 씨는 쿠루미 씨에게 빚을 지울 수 있는, 획기적인 프로젝트예요."

"할래."

창은 주저 없이 대답했다.

"실패한 거야?"

"예……. 뜻밖에도, 키라…… 키라리? 씨가 고용한 분들의 실력이 좋아서……."

"ㅎㅇㅇㅇㅇㅇㅇ음…… 그래?"

마유카는 무릎을 꿇은 루크의 뺨을 힘껏 때렸다. 그러자 그녀의 볼이 새빨갛게 달아올랐다.

너무 세게 때린 탓에 입술이 찢어지면서 피가 배어나왔다.

하지만 루크는 전혀 움츠러들지 않았다. 그저 태연히 그 고통을 감내했다. 오히려 때린 마유카가 좀 심했다고 생각하며 후회했다.

악의는 있지만, 소인배. 남을 괴롭히지만, 그때마다 아주 약간 후회를 한다.

그런 흔해빠진 성격을, 다른 누구보다 자기 자신이 가장 혐오하고 있었다─.

마유카는 헛기침을 한 후 다시 입을 열었다.

"그럼 진짜로 노래를 할 수 있게 된 거야? 그리고, 그, 『달의 목소리』도…… 선배의 것이 된 거네?"

"그건 아직 흡수하지 않은 것 같아요."

"뭐? 왜? 그렇게 막대한 영력을 그냥 가지고 다닌다는 거야?"

"예."

마유카는 그 말을 듣고, 키라리 리네무가 진짜 멍청이라고 인식했다. 이 인계에서 영력은 폭력, 권력, 그리고 재력의 요소를 겸비하고 있는 것이다.

세피라의 파편처럼, 결정화된 영력은 그야말로 건너편 세계의 보석이나 다름없다. 준정령을 죽여야만 얻을 수 있는 세피라의 파편과 다르게, 흡수하면 그대로 자신의 피와 살이 되는 『달의 목소리』를 왜 그냥 방치해두는 걸까.

키라리 리네무가 무슨 생각을 하는 건지 여전히 알다가도 모르겠다.

"만약 리네무를 처리해서 그걸 손에 넣는다면─."

"더 뛰어난 킬러를 고용하죠. 그리고 반오인 님마저 처리하면, 마유카 님이 이 예소드의 도미니언이 되실 거예요."

마유카는 킬러, 라는 흉흉한 말을 듣고 움찔했다. 하지만 도미니언이라는 말은 마유카에게 있어 매우 매력적이었다.

"……그건…… 매력적이네."

"『달의 목소리』만 손에 넣어서, 그 방대한 영력을 흡수할 수만 있다면 뒷일은 어떻게든 될 거예요. 교류 중인 영역으로 망명하더라도, 평생 아무 걱정 없이 살 수 있겠죠."

"흐음……."

모모조노 마유카는 생각에 잠겼다. 노래를 좋아하기는 하지만, 최고가 될 수 없다는 건 분했다.

그렇다면, 다른 영역에서 아이돌이 되는 것도 나쁘지 않을 것이다. 다른 영역으로 도망쳐서 열심히 아이돌 활동을 하고 있는 준정령에 대한 소문은 때때로 들은 적이 있었다.

어느 영역의 준정령이든 간에 자신의 노래로 매료시킬 자신이 있다. ……물론, 괴물인 반오인 미즈하와 키라리 리네무가 없다는 가정 하에서 말이다.

신천지로 향하는 것도 나쁘지 않을 것 같았다.

"그럼 우선『달의 목소리』의 소재를 파악하죠. 그리고 기회를 봐서 그걸 훔치는 거예요."

"그래."

"그리고, 다른 영역…… 말쿠트는『돌마스터』때문에 전도유망한 준정령이 외부로 도망치고 있는 실정이니 호드에서 적당한 킬러를 찾아볼게요. 다행히 그곳은 **한창 전쟁 중**이죠. 분명 실력이 뛰어난 킬러를 찾을 수 있을 거예요."

"……그래."

"마유카 님, 정점에 서시죠. 당신에게는 그럴 자격이 있어요."

마유카는 그 말을 듣고 또다시 루크를 때렸다.

"나도 알아! 반오인 미즈하만 없었으면, 분명 내가 도미니언이 됐을 거야! 다른 아이돌은 내 상대가 못 돼!"

그러자 루크는 볼을 매만지면서 온화한 미소를 짓더니, 자신의 무명천사를 소환했다.

사신이 지닌 커다란 낫— 날카로운 칼날, 흉흉한 형태, 풀이 아니라 인간의 목숨을 벤다고 주장하는 듯한 무기였다.

또한 그 낫이 띤 화려한 붉은색은 루크에게 어울리지 않았으며, 그렇기 때문에 그녀의 순백색이 돋보였다.

"……네 무명천사는 여전히 보기만 해도 기분이 나쁘네."

"죄송합니다."

"뭐, 됐어. 어차피 도둑질을 하려면 혼란을 일으켜야 할 거잖아. 너의…… 으음, 그거, 이름이 뭐였더라?"

"〈홍륙장(紅戮將)〉이라고 합니다."

루크는 자신의 낫을 사랑스럽다는 듯이, 마치 꿈 많은 소녀처럼 꼭 끌어안았다.

마유카는 루크의 과거를 알지 못한다. 알 필요도 없다고 생각한다. 엠프티가 된 소녀에게 영력을 줘서 구출하는 것은 이 예소드에서도 비교적 흔한 일이다. 실제로 이용하기 좋은 노예나 다름없기에, 눈살을 찌푸리는 준정령도 많다.

구원해준 걸까. 노예로 삼은 걸까. 마유카는 노예로 삼았다고 생각했다.

그녀 말고도 몇 명이나 되는 엠프티를 실컷 이용한 후 버렸으며, 루크는 가장 최근에 손에 넣은 엠프티다. 하지만 그녀의 무명천사는 웬만한 준정령보다 파괴력이 뛰어났으며, 의식 또한 선명했다.

게다가 그녀는 목숨을 앗아가는 데 있어서 주저가 없었다.

매우 편리한 도구. 마유카는 루크를 그렇게 여기고 있었다.

……아니, 모모조노 마유카에게 있어서는 이 세상 전부가 가짜이자, 광대이자, 도구에 지나지 않을지도 모른다.

현실감이 없고, 꿈속이나 다름없는 세계.

노래를 하면 살아갈 수 있다. 하루 단위로 시간을 측정할 수는 있지만, 자신이 몇 주, 몇 달, 혹은 몇 년 동안 이곳에 있었는지는 알 수 없다.

그것은 다른 준정령도 마찬가지인 것 같았다. 자신들이 언제부터 이곳에 있었는가— 왜, 어째서, 이곳에 있는 건가.

마유카는 그것을 잊는 게 무서웠다.

항상 노래하고, 노래하고, 계속 노래한 끝에, 마지막에 빈 껍데기가 되어버리는 것이 정말 무서웠다.

하지만 다른 아이돌들은 그런 것을 개의치 않는 것처럼

계속 노래했고, 계속 춤췄다.

　마유카는 그게 너무나도 불가사의했다.

　로스트라는 말로 얼버무리고 있지만, 그건 결국 죽음이다.

　총에 맞아 죽는 것도, 로스트되어 죽는 것도 별반 다를 게 없다.

　추구하는 것은 영원한 환희, 영원한 삶. 그것이 모모조노 마유카의 소망이었다.

◇

　"……뭐, 사라졌어?!"

　마유카의 절규가 카페에 울려 퍼졌다. 루크는 담담한 어조로 예, 하고 말했다.

　"『달의 목소리』를 손에 넣은 후로 종적을 감췄어요. 그리고 거의 같은 시기에 S랭크로 갓 데뷔한 어떤 아이돌도 행방불명이 되었죠."

　"『달의 목소리』를 썼는데도 여전히 노래를 부를 수 없어서, 그대로 사라진…… 걸까?"

　"그럴 가능성도 있어요. 혹은 도망친 걸지도 모르죠."

　"다른 영역으로 갔다는 거야?"

　"말쿠트도 『돌마스터』가 사라져서 싸움의 빈도가 비교적 줄어들었고, 『달의 목소리』가 있다면 엠프티에게 영력을 공급해 미끼로 사용하는 것도 가능할 테죠. 아, 그녀는 이제 아이돌이 될 필요가 없을지도 몰라요."

"『달의 목소리』를 흡수할 때 영력의 흐름이 발생할 거잖아? 그건 관측되지 않은 거야?"

"거리가 멀면 반응을 포착하는 것도 어려운지라……. 물론 아직 사용하지 않았을 가능성도 충분히 있어요."

"노래를 못하는 게 너무 고통스러워서 로스트……됐다거나?"

"그럴 가능성도 있죠."

마유카는 한숨을 내쉬더니, 루크에게 종이를 내밀었다.

"네가 수색을 하는 사이에, 이런 게 발표됐어."

"이건……."

"반오인 미즈하의 긴급 단독 라이브야. 예정되어 있던 라이브를 취소하면서까지 무리하게 개최하는 것 같아."

"그녀가 노리는 건 뭘까요……. 혹시, 추모를 하려는 걸까요?"

"선배의 추모…… 아냐. 오히려 선배를 찾아달라고 하려는 걸지도 몰라. 라이브를 열어서, 이 영역 안의 준정령들에게 『키라리 리네무를 찾아 달라』고 말하면, 누군가가 찾아줄지도 모른다는 기대를 품고 있는 걸 수도 있어."

루크는 고개를 갸웃거렸다.

"……키라리 리네무에게, 그렇게까지 할 가치가 있나요?"

"글쎄. 반오인은 그렇게 생각하는 것 같은데……."

"그럼 소문을 퍼뜨려볼까요?"

"소문? 어떤 소문 말이야?"

루크는 희미한 미소를 지으며 입을 열었다.

"반오인 미즈하의 라이브는 **키라리 리네무를 추모하기 위한 것이다**라는 소문을 퍼트리는 거죠."

마유카는 눈을 치켜떴다.

"만약 그녀가 이 소문을 듣는다면 분명 모습을 보이겠죠. 안 그래도 줄어든 팬들에게 결정적인 타격을 안기는 것이나 다름없으니까요. 아이돌을 계속하고 싶다면, 자신이 살아있다는 걸 선언할 거예요. 반대로 모습을 보이지 않는다면—."

"아이돌을 관뒀거나, 이 예소드를 떠났을 것……이라는 말이구나."

마유카는 잠시 생각에 잠긴 후, 루크에게 소문을 퍼뜨리라고 말했다.

"어느 쪽이든 간에 반오인 미즈하는 대미지를 입을 거야. ……이걸로도 대미지를 입지 않는다면 다른 방법을 찾아봐야겠지. 하아, 미즈하 선배는 너무 완벽해서 문제라니깐. 내가 살아남기 위해서는 이런 식으로 발목을 잡을 수밖에 없잖아."

마유카는 그런 말도 안 되는 헛소리를 늘어놓으면서 한숨을 내쉬었다.

◇

    반오인 미즈하가 권력을 휘두르는 일은 거의 없다. 그리고 그것이 콘서트와 연관이 있는 일은 더욱 그렇다.

    매니저에게 모든 일을 맡기고, 자신은 노래를 부르는 것에만 집중하는 것이 그녀의 평소 스타일이다. 매니저는 그녀가 온 힘을 다해 노래를 부를 수 있도록 스케줄 조정과 컨디션 유지에 힘쓴다. 그 결과, 모든 일이 술술 풀리는 것이다.

    미즈하의 노래는 언제나 듣는 이들의 가슴에 안타까운 심정을 안겨줌과 동시에 맑게 만들어준다. 오늘 쌓인 피로와 독 같은 것이 전부 씻겨나가는 느낌을 준다.

    그렇기 때문에, 매니저도 미즈하의 컨디션에 세심한 주의를 기울였다. 지치지는 않았는지, 고통스러워하지는 않는지, 목이 쉬지는 않았는지, 철저하게 살피는 것이다.

    그런 미즈하가 「라이브를 열고 싶다」고 말하는 것은 지극히 드문 일이었다. 매니저도 처음에는 그 말을 듣고 반대했다. 컨디션은 그야말로 최악이다. 게다가 최근 며칠 동안은 각 영역과 **그녀에 관해** 논의를 했기 때문에 눈에 띄게 지친 것이다.

    하지만 평소에는 매니저의 말에 순순히 따르던 그녀가 이번만큼은 고집을 부렸다.

    아니, 애원하기까지 했다.

"부탁이야. 제발, 노래하게 해줘—."

……그녀가 그렇게까지 말하자, 매니저는 일주일간의 스케줄을 전부 쓰레기통에 집어넣었다. 그리고 이 영역 전체를 들끓게 할 라이브를 개최하기 위한 준비로 분주해졌다.

하지만 미즈하의 컨디션은 여전히 좋지 않았고, 스태프는 몇 번이나 연기를 제안했지만, 그녀는 고집을 부렸다.

기묘한 초조함이 스태프들을 감싸더니, 이윽고 그것은 예소드 전체에 다른 형태의 소문이 되어 흐르기 시작했다.

—반오인 미즈하는 한계를 느껴서 은퇴하려는 게 아닐까?

—반오인 미즈하는 이제 노래를 부를 수 없게 된 것이 아닐까?

그런 소문이 퍼지기 시작— 아니, 그녀들에 의해 점점 부풀려졌다. 만약 미즈하의 장르가 러블리나 케이오스였다면 이렇게 비장한 소문이 퍼지지는 않았을지도 모른다.

하지만 그녀는 스타일리시 아이돌이다. 완벽을 추구하고, 완벽하게 구성되어야만 한다.

그런 그녀의 완벽함이 지금, 붕괴되려 하고 있었다.

"미즈하 님, 듣고 계신가요?"

……현기증을 느끼며 눈을 떴다. 눈을 뜬 채로 꿈을 꾼 것 같은 느낌을 받았다. 눈앞에는 당혹감으로 가득 찬 매니저의 얼굴이 있었다. 미즈하는 지금 미팅 중이라는 사실을 떠올렸다.

"미안해. 좀 지친 것 같아."

매니저는 천천히 고개를 저었다.

"아뇨. 무리도 아니에요. 조금 쉬세요. 평소 컨디션을 되찾기 위해서는 휴식이 필요할 거예요."

평소 같으면「괜찮아」라고 말했을 테고, 실제로도 괜찮았을 테지만, 지금은 매니저의 말에 순순히 따르기로 했다.

미즈하는 수면실에서 생각했다. 자신은 왜 이런 세계에 있는 걸까.

자신이 노래를 할 이유는 이제 없는데―.

그런 생각을 한 순간, 그녀의 머리카락에서 색채가 사라졌다.

◇

"자, 여러분! 준비는 되셨나요?"

"물론."

"완벽해! 몇 번이나 몇 번이나 이야기하고, 가위 바위 보도 하고, 도박까지 한 끝에, 내가 첫 센터로 정해졌으니까 말이야!"

"처음, 만이에요."

"그래. 그리고 다음은 바로 나야."

"저도 나중에 두 사람에게 **맡긴** 센터를 돌려받도록 하겠어요. 그러니, 그때 가서 센터를 양보하지 않겠다, 같은 억지를 부리지는 말아 주세요."

"스포트라이트에 좀 중독된지라……."

"……동감……."

"세 사람 다 잘 들으세요. 유닛에서 중요한 건 협조와 강조예요. 다른 두 명보다 돋보이기를 바라면서도, 스무스하게 교대를 하지 못하면 순식간에 전원의 이미지가 붕괴되고 말아요. 특히, 쿠루미 씨!"

"예, 알고 있답니다."

정장 차림의 히고로모 히비키가 웃음을 흘리면서 세 사람을 향해 손을 내밀었다. 그러자 다른 세 사람도 자신만만한 미소를 지으면서 그 손 위에 자신의 손을 포갰다.

그리고, 그녀들은 한 목소리로 외쳤다.

"라이브 재킹, 개시!"

반오인 미즈하는 무대 위에 서 있었다. 콘서트장에 몰래 숨어든 모모조노 마유카는 즐거운 표정으로 그녀를 응시하고 있었다. 미즈하의 머리카락은 절반 정도가 탈색됐으며, 그 머리카락을 본 관객들은 불안감에 휩싸였다.

"결국 키라리 리네무는 못 찾았네."

모모조노 마유카와 루크는 콘서트장의 2층 관객석, 왼쪽 구석에서 몰래 미즈하를 관찰하고 있었다. 초췌해졌다는 이야기는 들었지만…… 이런 상태일 줄이야!

"예……."

"뭐, 됐어. 반오인 좀 봐. **너와 마찬가지로** 엠프티가 되어가고 있어. 이제 키라리 리네무 따위는 아무래도 상관없어! 여기서 저 여자가 밑바닥으로 떨어지는 광경을 관찰하자."

"……마유카 님께서 도미니언이 되는 날도 멀지 않은 것 같군요."

"반오인만 사라지면 말이지. 아아, 애초에 리네무를 죽여버릴걸 그랬어!"

"하지만 키라리 리네무는 죽지 않았어요. 그녀가 죽지 않았다는 것을 알면, 반오인 미즈하가 부활할 지도 몰라요."

"그래. 하지만 괜찮아. 이 한 곡을 부르는 동안만 리네무가 죽었다고 생각해주면, 그걸로 충분해."

"그 말씀은……."

　　마유카는 모든 것을 조롱하듯 코웃음을 치면서 말을 이었다.

"이 다음에 내가 노래를 부를 거야. 키라리 리네무의 넋을 기리기 위해서 말이지. 그리고 막중한 책임을 짊어질 수 없게 된 반오인 미즈하를 대신해, 내가 도미니언을 이어받겠다고 선포할 거야."

"······과연 납득할까요?"

"할 거야. 다른 영역이라면 몰라도, 이 예소드에서 도미니언이 되려고 하는 아이돌은 아마 나뿐일 거야. 다들 그냥 노래만 부를 수 있으면 충분하다고 생각하거든."

"아이돌에게 있어서는 그게 당연한 것 아닌가요?"

"─아냐, 빈껍데기. 틀렸어. 노래만 부를 수 있다면 된다는 것과, **노래를 불러서 살아간다**는 것은 명백하게 달라. 아이돌은 앞뒤 생각을 하지 않거든."

혀를 차며 짜증이 배어나오는 목소리로 그렇게 말한 마유카는 루크에게 한 번도 보여준 적이 없을 만큼 증오에 찬 표정을 지었다.

"키라리 리네무도, 반오인 미즈하도 마찬가지야. 자신이 아이돌이라는 걸 긍지로 여기고 있어. ······진짜 바보라니깐. 우리에게는 그것보다 더 중요한 것이 있는데 말이야."

"중요한······ 것?"

"**생존.** 무슨 수를 써서라도, 1초라도 더, 고통을 느끼지 않으면서 살아남을 것. 녀석들은 그걸 이해하지 못해. 그러니까 내가 도미니언이 되면, 크래들을 박살낼 거야. 그리고 너 같은 엠프티가 사라지는 모습을 준정령들에게 보여줄 거야. 말쿠트처럼 말이지."

"살벌하군요."

"너는 크래들에서 잠들고 싶어?"

"설마요. 만약 제가 죽게 된다면, 아마 황야에서 죽겠죠. 잠드는 게 아니라, 숨이 끊어져서 말이에요."

"……흐음~. 처음으로 너한테서 호감을 느낀 것 같아."

마유카는 웃음을 흘렸다. 유쾌하다는 듯이 웃고 있는 그녀를 본 루크는 고개를 갸웃거리면서 물었다.

"저기…… 그럼 지금까지는 저를 싫어하셨나요?"

"내가 말 안 했나? 나, 삶을 포기한 엠프티들을 죽도록 싫어해. 하지만 너는 삶을 포기한 게 아니라, 자기 자신을 도구로 여기고 있는 거지?"

루크는 그 말을 듣고 눈을 치켜떴다.

"저기, 그건, 뭐, 확실히……."

"자, 곡이 시작됐어!"

천천히, 느릿느릿한 BGM이 흘러나왔다.

아아, 내 사랑은 안개에 녹아들며—

미즈하는 노래를 시작했지만, 평소와 다르게 전혀 완벽하지 않았다. 그녀 또한 그걸 알고 있는 것 같았다. 관객들은 열광하기보다 당혹스러워했으며, 그 당혹감은 소문이 진실이라는 유언비어로 바뀌어갔다.

미즈하도 그것을 느낀 것 같았다. 그녀에게서 『색깔』이라는 것이 점점 사라지고 있었다. 도미니언이라도 예외는 아니었다.

이 인계에서 살아갈 의미를 잃었다는 생각에 사로잡힌 순간, 죽음이 찾아오고 마는 것이다.

"이겼어♪"

마유카는 씨익 웃었다.

"—윽."

바로 그때, 루크가 몸을 부르르 떨었다. 마유카는 그런 그녀를 보며 눈썹을 찌푸렸다.

"왜 그래?"

"그게…… 작전을 변경하는 편이 좋을지도 모르겠어요."

"그게 무슨……?!"

그 순간, 마유카는 경악했다.

그야말로 전광석화처럼, 푸른색과 흰색, 노란색과 흰색, 붉은색과 검은색의 섬광이 무대 위를 갈랐다.

그와 동시에, 푸른색과 흰색을 띤 자가 노래를 부르고 있던 미즈하를 가볍게 들어 올리더니 그대로 무대 구석으로 재빨리 옮겼다.

○ Sing A Song!

"—어? 어라?"

어안이 벙벙한 표정을 짓고 있는 미즈하는 오랜만에 본 것 같다고 리네무는 생각했다.

"미안하지만, 우리가 먼저 노래 좀 부를게."

"어, 어라, 하지만, 저기……."

미즈하의 매니저와 스태프들이 허둥지둥 이곳으로 몰려왔다.

"당신들은…… 대체 어떻게……?!"

그 날카로운 목소리가 들린 순간, 관객들은 더욱 술렁거렸다. 관객이 모두 적으로 돌아선 기분— 그때 만났던 소녀도 이런 기분을 맛봤을 거라고 생각한 리네무는 몸을 부르르 떨었다.

"동요한, 거야?"

옆에서 담담한 목소리가 들려왔다. 푸른색— 스타일리시, 미즈하 못지않은 쿨함은 그 전투능력에서 비롯된 것이리라. 창의 정체가 예소드까지 악명을 떨친 비스킷 스매셔라는 말을 들었을 때는 비명을 질렀다.

"흥, 자기 걱정이나 해. 매번 댄스가 미묘하게 어긋났었잖아."

"네가 어설픈, 거야. 나와 토키사키 쿠루미는, 완벽했어."

"너희 둘 다 어긋났던 거야."

"난처하군요. 이럴 때는 민주주의적으로 해결해야 한다고 생각한답니다."

검은색과 붉은색의 화신이 웃음을 흘렸다. 바로 토키사키 쿠루미였다.

그녀가 준정령이 아니라 정령이라는 사실을 들었을 때는 창의 정체를 알았을 때보다 더 경악했다. 믿기지 않지만, 거 짓말을 하는 게 아니라는 점만은 알 수 있었다.

무대 뒤편에서는 패닉 상태에 빠진 매니저가 난입을 할지 말지 고민하고 있었다. 반오인 미즈하가 지시를 내리지 않는 한, 매니저는 무대에 설 수 없으니까 말이다.

하지만 10초 안에 결정을 내릴 것이다. 무대에 경비원들이 쏟아져 들어오고, 매니저가 라이브 중지 혹은 잠시 유예 시 간을 요청하는 안내방송을 한 후, 자신들은 쫓겨나리라.

……자신들이, 단순한 아이돌이라면 말이다.

자, 이제는 목소리를 내기만 하면 된다.

노래를 하기만 하면 되는 것이다.

생애 최대의 중압감에 짓눌리고 있었다. —컴파일에 휘말 렸을 때 접한 기억이, 끈질기게 키라리 리네무를 괴롭히고 있었다.

바보 같다, 하찮다, 의미가 없다.

악의, 질투, 조롱.

구역질이 날 정도로 화가 치미는데도, 명백한 존재감을 지니며 혼을 짓누르려 하고 있었다.

……예전 같았으면, 목소리가 나오지 않았을 것이다.

예전 같았으면, 말이다.

옆을 바라보자— 멀뚱멀뚱한 표정이 눈에 들어왔다. 언제 어느 때나 변함이 없는 전투기계인데도 댄스는 완벽한데다 평소에는 약간 바보 같은 스타일리시 아이돌.

옆을 바라보자— 체셔 고양이를 연상케 하는 미소가 보였다. 혼돈과 재앙을 흩뿌리는 태엽인형 같은 미모를 지닌 케이오스 아이돌.

그리고 자신— 외모 완벽, 보컬 완벽, 댄스 완벽. 좀 얼빠진 구석이 있지만, 그래도 지금 그걸 극복하려 하고 있다. 악의도, 증오도 싫다. 눈물이 날 것 같을 정도로 무섭지만, 그 마이크를 쥔 순간에 봤던 광경은 분명 꿈이 아니다.

그 소녀는, 절망의 구렁텅이에 빠졌던 소녀는, 다시 일어섰다.

그렇다면 일어서라. 입을 열어라. 목소리를 내라.

낼 수 있다. 낼 거다. 내고 싶다.

심호흡—.

관객들의 불신감과 술렁임이 최고조에 도달하고, 미즈하의 매니저가 무대에 올라가기로 결단한 순간…….

그 목소리가 콘서트장에 울려 퍼졌다.

"내 노래를 들어줘어어어어어어어어어어어어어어어!"

그 외침은, 불신감과 술렁임을 압도할 정도의 아우라로 가득 차 있었다.

그 아우라에 압도당한 이들이 한순간 호흡을 멈췄다. 그건 미즈하의 매니저도 마찬가지였으며, 마치 마비라도 된 것처럼 움직이지 못했다.

하지만 단 한 사람, 무대 뒤편에서 움직이고 있는 준정령이 있었다.

"뮤직…… 스타트."

히히히, 하고 웃으면서 몰래 바꿔둔 프로그램을 가동시켰다. 화려한 기타 소리와 함께, 첫 목소리가 울려 퍼졌다.

꿈과 현실의 틈바구니를 떠도는 나와 당신
가라앉을 거야? 하늘을 날 거야?
하늘로 날아오르면 상처입고
바다에 가라앉으면 편해질 수 있어

"키라리 리네무가…… 노래를 부르고 있어……"

모모조노 마유카는 얼어붙은 것처럼 꼼작도 하지 못했다. 루크는 지시가 내려지지 않는 한, 움직일 생각이 없었다.

하지만, 루크는 생각했다.

노래하고 있는 이가 키라리 리네무 혼자였다면 관객들도

놀라기만 할 것이며, 반오인 미즈하의 매니저도 어떤 식으로든 대처했을 것이다.

그런데도 다들 얼어붙은 것처럼 꼼짝도 못하는 것은, 새로운 우상의 탄생을 목격했기 때문이다.

3인조^{유닛}— 그것도 장르를 통일한 것이 아니라, 전부 제각각이었다.

러블리— 키라리 리네무. 눈부신 금발을 휘날리며, 전성기를 연상케 하는 힘찬 보컬을 뽐내고 있다. 루크는 탁한 눈동자로 세계를 응시하는 그녀만 봤기 때문에, 꽤 충격을 받았다.

스타일리시— 창. 비스킷 스매셔라는 호칭으로도 불리는, 도시괴담급의 준정령. 예소드와는 전혀 인연이 없을 줄 알았던 그녀는 푸른색을 베이스로 한 아름다운 영장 차림으로 춤을 추고 있었다. 아니, 춤을 추고 있다기보다는 전투를 방불케 하는 다이내믹한 움직임을 선보이고 있었다.

춤 자체는 전혀 통일되어 있지 않았다. 보통 그런 댄스는 꼴사나워 보이기 마련이다. 통일감, 통솔되지 않은 움직임은 관람자에게 불쾌감을 안겨준다.

하지만— 그 안에서 아름다움을 찾아낼 수 있다면, 그것은 예외가 된다.

케이오스— 토키사키 쿠루미. 정령 소녀. 아마도 이 예소드에서 최강자로 여겨지는 존재다. 중앙에 서 있는 이는 리

네무지만, 이 3인조를 통솔하고 있는 지휘자는 그녀다.^(컨덕터)

상처입어도 돼
사랑받지 못해도 돼
중요한 건 나의 마음
날아오르기로 결심한 우리의 노래!

관객들은 들고 있던 형광봉을 흔들기 시작했다. 원래 미즈하의 라이브에서 흔드는 형광봉은 차가운 느낌이 감도는 푸른색으로 통일되는 편이다.

하지만 지금 이 자리에 모인 준정령들은 형광봉을 자신이 좋아하는 색으로 맞춰서 흔들고 있었다. 빨간색, 노란색, 파란색—

한 색깔로 통일하지도, 움직임을 맞추지도 않으며, 그녀들은 마음 가는 대로 형광봉을 흔들고 있었다.

혼돈이 지배하고 있다. 하지만, 혼돈은 혼돈이기에, 누구도 눈치채지 못했다.

"……"

미즈하의 매니저는 나서려 했다. 이대로는 안 된다. 절대 안 된다.

이 감동은 너무나도 위험하다. 이 곡이 끝난 순간, 준정령들은 저 세 사람을 신봉하게 될 것이다. 즉, 반오인 미즈하가 도미니언이 아니게 되는 것이다.

그것만은 어떻게든 막아야 한다.

하지만 몸이 움직이지 않았다. 움직일 수 없다. 그뿐만 아니라 가슴이 뛰며, 마음이 떨리고 있었다.

마음속에서 감정이 샘솟았다. ―그 감정은 미즈하의 노래를 듣고 느끼는 것과는 명백하게 달랐다. 온 힘을 다해 고함을 지르고 싶게 만드는, 폭발적인 무언가였다.

"괜찮아."

미즈하의 투명한 목소리가 들렸다. 매니저는 무대를 보고, 다시 한 번 미즈하를 쳐다본 후, 결국 고개를 푹 숙였다. 그녀가 하고 싶은 말이 무엇인지, 이해한 것이다.

"이제, 됐어."

미즈하는 조용한 목소리로 그렇게 말했다.

삼인삼색으로 펼쳐진 4분 23초간의 노래가 끝났다.

곡이 멎고, 정적이 흐르자― 한계에 도달한 리네무는 그대로 무너지듯 주저앉을 뻔 했다. 참고로 쿠루미도 웃고 있지만, 무릎이 떨리고 있었다.

"나, 나, 끝까시 불렀어……."

"끝까지 불렀군요……."

"수고했어. 나는 멀쩡하지만, 너희 둘, 체력이 너무 없는 거 아냐?"

창이 빈약한 가슴을 펴면서 그렇게 말하자, 리네무와 쿠루미가 차가운 눈길로 그녀를 쳐다보았다.

"제가 당신의 그 어설픈 댄스에 맞춰주느라 얼마나 노력했는지 모르나 보군요."

"몇 번이나 말했지만, 네 댄스는 콤마 단위로 어긋나고 있단 말이야."

"그런 건 중요하지 않아. 그것보다―."

창은 주위를 두리번거렸다.

"반응이 없어. 혹시, 실패?"

리네무는 그 말을 듣고 가슴을 움켜잡았다. 불안감이 솟구치면서 마음이 무너질 뻔한 순간, 누군가가 리네무의 어깨를 가볍게 두드렸다.

"대성공이에요. ―관객석을 보세요."

리네무는 쿠루미의 말을 듣고 관객석을 쳐다보았다.

"아……."

관객들은 그저 할 말을 잊은 것 같았다. 춤도, 노래도, 전부 완벽했다.

그리고 짧은 꿈에서 깨어났다는 걸 깨달은 후…… 그녀들은 진심으로 세 사람에게 감사했다.

절규와 오열, 박수를 통해서 말이다.

"고…… 고마워! 고마워! 고마…… 고마…… 웃, 으아아아아아아아아아아아아아아아아앙!"

관객들을 향해 손을 흔들던 리네무는 말을 이을 수가 없는지 울음을 터뜨렸다. 무대에서 그대로 몸을 웅크리더니, 하염없이 울었다.

돌아왔다.

이 무대에 돌아왔다.

그리고, 노래했다. 마음껏 노래했다. 마음껏 춤췄다. 싫은 감정이 전부 날아가 버릴 듯한 도취감을 느꼈다.

관둘 수 없다.

이런 즐거움을, 이런 자극을, 잊을 수 있을 리가 없다.

이 감각을 떠올린다면, 그런 환각에 휘둘리지 않을 것이다.

"나, 노래할 수 있어……. 노래할 수 있어! 제대로, 제대로 노래할 수 있단 말이야……!"

그래서 울었다. 그녀를 아는 준정령들도 그 목소리를 듣고 울었다. 잊고 있었던 준정령들도, 예전의 그녀를 떠올리며 울었다. 그녀를 모르는 새로운 준정령들도 무슨 일이 있었던 건지 이해하며 울었다.

참고로 그 사이, 쿠루미는 우아하게 손을 흔들었고, 창은 가슴을 펴며 V사인을 날렸다.

바로 그때, 구두 소리가 들렸다.

기묘한 박력이 어린 그 소리에 울고 있던 리네무는 고개를 들었다.

"……."

반오인 미즈하가 침묵에 휩싸인 채 서 있었다.

"왜, 왜 그래?"

리네무도 질 수 없다는 듯이 몸을 일으켰다. 입술을 앙 다문 그녀는 좀 불안한지 두 동료를 찾았지만— 그녀들은 이미 도망친 것 같았다. 이 녀석들~!

"으, 으음, 라이브를 방해해서 미안해."

"상관없어요."

"그, 그래? 그럼, 으음…… 아, 맞다. 도미니언 같은 게 될 생각은 없어. 그딴 건 성가시니까, 네가 계속 해."

"상관없어요."

무대 뒤편에 숨은 쿠루미가 상관있단 말이에요~ 라고 외치며 맹렬하게 항의했지만, 리네무는 손을 흔들며 그녀를 달랬다.

"그 대신, 조건이 있는데……."

"상관없어, 상관없어, 뭐든 상관없어!"

미즈하는 그렇게 외치며 리네무를 향해 달려들더니, 그대로 그녀를 강하게 껴안았다.

반오인 미즈하는 제8영속이며, 소리를 조종하는 능력은

지니지 않았다. ……하지만 그녀는 하늘이 내려줬다고 해도 과언이 아닐 정도로 아이돌로서의 재능을 지니고 있었다. 바람의 힘으로 노랫소리를 먼 곳까지 전파해, 수많은 준정령을 매료시켰다.

하지만, 그녀가 노래를 부르기로 마음먹은 계기는…….

찬란하게 빛나는, 한 소녀의 노래였다.

예소드를 지배하는 소녀, 키라리 리네무. 자유를 사랑하고, 방자함도 사랑하며, 곁에 있는 이들 모두의 마음을 뛰게 만드는 소녀.

그러던 어느 날, 그녀가 갑자기 노래를 못하게 됐다. 이유는 단순했다. 콘서트장에 느닷없이 생겨난 검은 기둥— 컴파일이라 불리는 현상.

그녀는 그 검은 기둥에 닿았고, 노래를 빼앗기고 말았다.

그 모습을, 울부짖는 그녀를, 미즈하는 눈앞에서 보았다.

그 노랫소리를 기억하는 준정령이 얼마나 있을까— 미즈하는 그런 우려를 마음에 품었다. 그 정도로 멋진 노래조차, 이 영역에서는 과거의 것이 되고 만다.

자신이 도미니언이 된 것은 여차할 때 키라리 리네무의 부활을 전면적으로 도와주기 위해서였다. 권력만 있다면, 그녀를 다시 데뷔시키는 것도 가능할 것이다.

미즈하는 그럴 준비를 항상 해왔다.

하지만, 키라리 리네무는 노래를 부르려 하지 않았다. 아이돌 활동을 하지 않게 되었으며, 팬 파워도 점차 사라졌다.

그리고 자신의 팬은 늘어만 갔다. 마치 키라리 리네무가 사라졌으니, **네가 대신 노래를 불러라**, 라고 누군가가 말하는 것만 같은 느낌이 들었다.

그렇지만 미즈하는 실낱같은 희망을 부여잡으며 계속 노래를 불렀다.

키라리 리네무라는 소녀를 기억해주기를 바라며, 진심을 담아 노래를 불렀다. 그렇기에, 그녀가 지은 가사에 나오는 캐릭터는 대부분 키라리 리네무가 모델이었다.

그 탓에 스타일리시라는 포지션임에도 불구하고 가사는 묘하게 약동적이라는 점이 미즈하의 결점이었지만, 자신의 가창력으로 그 결점을 보완했다.

언젠가 돌아올 거라 믿으며, 고독 또한 견뎌냈다.

하지만, 키라리 리네무는 얼마 전에 모습을 감췄다.

노래를 할 수 없게 되었으니, 사라지는 것도 당연했다. 그런 예소드의 상식에, 처음으로 반박하고 싶어졌다.

그래서 도미니언의 권한으로 라이브를 열려 했다. 컨디션은 최악이며, 목 상태도 좋지 않았다. 그래도 그녀에 관한 노래를 부를 수밖에 없었다.

그리고 가능하다면, 그녀를 찾아 달라고 다른 이들에게 부탁할 생각이었다. ─자신보다 훨씬 멋진 아이돌이 썩고 있으며, 응원을 해준다면 분명 다시 노래를 할 수 있을 것이다, 라고 말하고 싶었다.

하지만, 그전에 다른 소문이 준정령들 사이에 퍼져나갔다.

키라리 리네무는 엠프티가 되어 사라졌다는 소문이었다.

그녀는 전설의 『달의 목소리』를 얻기 위해, 예소드를 구석구석까지 뒤졌다.

하지만 그런 게 실제로 있을 리가 없었고— 결국 그녀는 공허한 빈껍데기가 되어서 크래들로 향했다.

그리고, 소멸한 것이다.

인기를 잃은 아이돌이라면 누구라도 맞이하는 말로다. 미즈하는 그것을 부정할 수 없었다.

왜냐하면, 노래를 할 수 없으니까…….

노래를 할 수, 없으니까…….

자기 때문에, 자기가 노래를 빼앗아버린 탓에…….

"……미즈하?"

"다행이야…… 다행이에요, 선배. 진짜, 다행이에요……! 사, 사과하고, 싶었어요! 쭉 사과하고 싶었어요! 하지만, 하지만……!"

미즈하가 엉엉 울기 시작하자, 이 자리에 있는 모든 이들이 충격을 받았다.

"……저 분한테도 눈물샘이 있었군요."

무례하기 그지없는 쿠루미의 말에 아무도 반론하지 못할

만큼, 저 완벽했던 아이돌이 어린 여자아이처럼 엉엉 울고 있었다.

"응? 으응? 사과? 뭘? 나, 너한테 사과 받을 일이—."

"멋지게 노래하고 춤추는, 눈부시게 멋진 일!"

"그건 내 신조잖아? ⋯⋯앗!"

키라리 리네무는 손뼉을 쳤다.

그녀는 그제야 그 일을 떠올렸다.

오디션 행사장에 간 것은 단순한 변덕이었다. 그리고 변덕을 부린 덕분에 발견한 원석에게 말을 걸어보았다.

잔뜩 긴장한 탓에 얼굴이 새빨개진 소녀들은 자신을 보고 더욱 긴장했다.

리네무는 자기도 데뷔 때는 긴장했었다, 같은 소리를 하면서 한 명 한 명에게 말을 걸어서 긴장을 풀어줬다.

그리고 마지막으로 원석에게 말을 걸었다.

"괜찮아?"

"아, 예. 아뇨, 저기, 예. 아뇨⋯⋯."

"진정해. 스타일리시라면 완벽을 추구해. 너의 멋진 모습을, 팬들은 보고 싶어 할 거야."

"저는⋯⋯ 제9영속이 아니에요."

"어머, 드문 일도 다 있네."

아이돌이 목표인 준정령은 대부분 제9영속이다. 다른 영

속의 무명천사와 영장은 아이돌에 맞지 않는 것이다. 즉, 자신의 힘만으로 아이돌이 되어야만 한다.

　게다가 제9영속의 준정령들은 아이돌에게 필요한 성량 등이 쑥쑥 성장한다. 마치 **당신들은 사랑받는 아이돌이 되기 위해 태어났어요.** 하고 인계에 존재하지 않는 정령이 선언하고 있는 것만 같았다.

　그러니, 그녀는 핸디캡을 타고 난 것이나 마찬가지다.

　"예. 그래도, 저기, 으음…… 당신처럼 되고 싶어요. 머리 색깔이나, 몸매도 전부 다르지만…… 되고 싶다고, 생각했어요. 잘못된 생각일지도 모르지만……."

　"바보. 잘못된 생각일 리가 없잖아~! 장르가 다르더라도, 나를 동경해서 여기까지 왔다는 건 아이돌이 될 소질을 가지고 있다는 거야!"

　"저, 따위한테…… 그런 게, 있을까요?"

　"그 소질을 살릴 수 있을지 없을지는 너 자신에게 달렸어! 자, 긴장 같은 거 할 틈이 있어? 멋지게 노래하고 춤추는, 눈부시게 멋진 일이 너를 기다리고 있잖아!"

　"아…… 예!"

　소녀는 고개를 꾸벅 숙인 후, 무대로 향했다.

　리네무의 생각대로, 그 소녀는 타고 난 아우라를 지니고 있었다. 남의 눈길을 끄는, 아이돌에게 절대적으로 필요한 재능을 가지고 있는 것이다.

과제곡이 연주되기 시작했다. 도입부는 성공적이었다. 예상대로 그녀의 목소리는 맑고 매끄러웠다.

리네무는 그녀가 장래에 라이벌, 혹은 오랜 지기가 될 거라 확신했다. 그러다 문득, 그녀의 발치가 흔들리고 있다는 것을 눈치챘다.

대지가 흔들리자, 그녀는 노래를 멈출 수밖에 없었다.

불길한 예감이 들었다. ─그리고 그게 적중한 순간, 리네무는 앞뒤 가리지 않고 내달렸다.

노래하고 있던 소녀는 눈치채지 못했을 것이다. 아마 태어난 지 얼마 안 되었으리라. 컴파일로 인해 생겨난 검은 기둥은 주위에 있던 준정령을 빨아들인다.

그리고 그 기둥에 닿으면, 건너편 세계에 있는 정령의 기억을 보게 된다.

다른 영역에서는 정령의 기억에 닿고 사랑에 빠지게 되는 경우도 있다고 한다. 하지만 이 영역은 다르다. 이 영역에서 보게 되는 정령의 기억이란─.

"빨리 피해!"

리네무가 멍하니 서 있는 소녀를 밀쳐낸 순간…… 오한이 그녀의 온몸을 감쌌다.

정령이 기억에 유린당한 리네무가 마지막으로 본 것은 무슨 일이 일어난 건지도 모르는 듯한 소녀의 망연자실한 표정이었다.

◇

"······그래. 생각났어. 나, 너를 만난 적이 있구나."

미즈하는 눈물을 흘리며 고개를 끄덕였다.

"그때는, 아무것도 몰라서······ 당신이 저에게 해준 일이, 얼마나 대단한 건지, 전혀 몰라서, 고맙다는 말도······!"

"괜찮아. 게다가 내가 너를 기억하지 못했으니까, 고맙다는 말을 해도 난처하기만 했을 거야."

"하지만, 하지만······! 저는, 괴로워하는 당신에게 아무것도 해주지 못했어요!"

"아~, 이해해. 솔직히 말해 입이 안 떨어졌을 거야."

둘에게는 입장이라는 게 있었다. 정확하게 말하자면, 시간의 경과라 할 수 있을 것이다. 미즈하에게 있어서 동경의 대상이었던 존재가 어찌된 영문인지 도미니언을 관두고 말았으며, 자신이 그 자리를 이어받았다. 게다가 영문도 모르는 사이에 떠받들어지더니, 정신을 차리고 보니 이러지도 저러지도 못하게 되고 만 것이다.

시간이 가면 갈수록, 말을 꺼내기가 힘들어졌다.

그래도 리네무가 다시 일어서 줬다면, 고백을 했을 것이다.

하지만, 그녀는 일어서지 못했다. ─방금까지 말이다.

리네무는 미즈하의 눈물을 닦아주면서 웃었다.

"괜찮아. 나는 다시 노래를 할 수 있게 됐어. 그저 막연하게 노래를 부르던 시절로 되돌아가고 싶지 않을 만큼 귀중한 경험도 했어. 재미있는 유닛도 결성했잖아. 인생에는 사건사고가 뒤따르는 법이고, 그걸 극복했으니 이제 됐어. 아, 그리고 네가 도미니언을 계속 맡아도 돼. 나는 어차피 여행을 떠날 생각이거든."

"예……?"

미즈하는 세상이 무너지기라도 한 듯한 표정을 지었다.

"어? 내가 이상한 소리를 했나? 여러 영역의 많은 아이들에게 내 노래를 들려주고 싶어져서 말이야."

예전부터 그런 생각을 가지고 있었던 것은 아니다. 계기는 『달의 목소리』의 기억을 체감한 후, 만약 다시 노래를 부를 수 있게 된다면 예소드 이외의 다른 영역에도 노래를 전파하고 싶다고 생각했다.

그러나…….

"하…… 하지만, 노래를 인정하지 않는 영역도 있잖아요?"

미즈하가 방금 한 말은 사실이었다. 노래를 듣는다고 해서 평화가 찾아오는 것은 아니며, 애초에 가치관 자체가 다른 존재에게 노래를 들려준다고 감동할 거라는 확신 또한 없었다.

"으음~. 뭐랄까, 이제 마음이 개운해졌거든. 너라든가, 저기 있는 두 사람이라든가, 이름은 몰라도 내 노래를 듣고 팬이 되어준 아이는 이 영역에 분명히 존재하잖아? 그걸로

쿠루미와 창

충분해. 내가 그걸 알고 있다는 게 중요해. 예전이라도, 과거라도 괜찮아. 응원해줬던, 내 노래에 공감해줬던 적이 있다는 게 중요한 거야."

그러니까, 어디서든 노래를 할 수 있다고 리네무는 말했다. 그리고 소중한 그녀에게, 소중한 사실을 고백했다.

"너도 언젠가, 예소드를 떠나고 싶다고 생각하는 날이 올지도 몰라. 하지만, 그때는 두려워하지 않아도 돼. 내가 먼저 여행을 떠났잖아. 여행을 시작하고 얼마 지나지 않아, 다른 영역에서 합류하게 될지도 몰라. 그렇게 되면 2인조를 결성하자. 나에게 있어서 너는 소중한…… 소중한 팬이자, 아이돌이자, 후배잖아."

미즈하는 리네무의 구김 없는 미소를 보고, 눈물을 흘리며 마주 미소를 지었다.

막을 수 없다.

그녀가 여행을 떠나는 것을 막을 수 없다. 그녀가 여행을 떠나는 것을 기쁘게 생각하고 있기 때문이다. 노래를 잃고 방황하는 게 아니라, 노래를 얻고 앞으로 나아가려 하고 있는 것이다.

그녀는 이 예소드를 떠나, 길을 헤매면서 마음껏 나아갈 것이다.

미즈하는 그게 멋진 일이라는 생각이 들었다.

아아, 하지만—.

미즈하는 자신의 매니저와 스태프를 힐끔 쳐다보았다. 자신을 따르며 모여든 이들을 바라보았다.

아직은 그녀들을 두고 갈 수 없다. 그리고 싶지 않다. 자신은 아이돌임과 동시에, 도미니언인 것이다.

그렇기에, 미즈하는 눈물을 흘리며 대답했다.

"예. 언젠가 다시 만나요."

그 날을 꿈꾸며— 미즈하는, 그리고 리네무는 계속 노래할 것이다.

"—그렇다면, 『달의 목소리』는 필요 없으시겠군요?"

그때, 맑은 목소리가 콘서트장에 울려 퍼지더니, 공기가 일그러지면서 고체처럼 비틀리기 시작했다.

"빼앗아."

공격.

잠시 후, 키라리 리네무가 베였다는 사실을, 이 자리에 있는 모든 이들이 이해했다.

"안 돼애애애애애애애애애애애애애애애앳!"

미즈하는 절규했고, 리네무는 무너지듯 무릎을 꿇었다.

그리고, 한 손에 『달의 목소리』를 움켜진 엠프티 소녀가 모습을 드러냈다.

○루크

"선배! 선배, 선배!"

미즈하는 울면서 공격을 당한 리네무를 계속 불렀지만—.

"어, 어라? 어라? 어떻게 된 거야? 나, 방금 베였지?"

리네무는 태연하게 응답했다.

"선배…… 어?"

미즈하는 어안이 벙벙해졌고, 리네무는 아연실색했다. 그리고 순식간에 무대 위로 이동한 토키사키 쿠루미는 총을 겨눴다.

방금까지의 감동도, 정열도, 꿈도, 전부 짓밟아버린 이 새하얀 소녀는 모모조노 마유카의 옆에 서 있던 엠프티— 그녀의 시녀^{노예}였다.

그렇게 알고 있었지만…….

"무엇이죠?"

소녀는 차가운 미소를 머금은 채 쿠루미를 쳐다보았다— 아니, 노려보았다.

"당신의 이름도, 영속도 궁금하지 않아요. 당신, 대체 **무엇이죠?**"

소녀는 자신을 쳐다보는 쿠루미를 차가운 눈동자로 마주 노려보았다. 상대가 이 상황에서도 주저 없이 사투를 벌이려 들 거라는 걸, 히비키는 간파했다.

……아니, 그 이전에…….

눈앞에 있는 『엠프티』가, 준정령보다 못한 존재가, 비정상적인 면을 드러내고 있다는 사실에 히비키는 공포를 느꼈다.

이 공포는 싸움과는 명백하게 별개의 감정이다. 굳이 따지자면 『돌마스터』에게서 느낀 것에 가까웠다. 즉, **상대가 무엇인지 알 수 없었다.** 이 상황에서 당당히 습격을 저지른 것도 이해가 되지 않았다.

"기억은—."

"……예?"

소녀가 갑자기 입을 열었다. 의아해 하는 쿠루미와 시선을 맞추지 않은 채, 혼잣말을 하듯 중얼거렸다.

"기억은 저에게 독이에요. 악의도, 증오도, 저에게는 영향을 끼치지 않지만, 순수한 기억이라는 것은 저를 더럽히고 말죠. 그러니, 누군가가 기억을 받아들여 줘야만 했어요. 그러고 나면, 『달의 목소리』는 단순한 별, 단순한 영력에 불과하니까요."

"그래서, 키라리 리네무를 부채질한 거군요. 바로 당신이 말이에요."

소녀는 빙긋 웃더니, 애교처럼 느껴지는 미소를 머금으며 고개를 끄덕였다.

"예."

"어, 나는…… 마유카한테서…… 들었는데……."

"뭐하는 거야?!"

관객석 2층—— 눈에 띠지 않는 구석 언저리에 있던 마유카가 고함을 질렀다. 아니, 그 목소리는 비명에 가까웠다.

"나, 나는, 이런 짓을, 부탁한 적 없어……!"

"예, 그렇죠. 아까 타이밍을 봐서 손을 쓰라고 하셨으니까요. 원래는 라이브가 끝나고 귀가할 때를 노릴까 했어요. 하지만 저는 머리가 텅 비어서, 이걸 손에 넣을 기회를 보니 애가 타지 뭐예요."

소녀는 웃음을 흘렸다.

비난의 눈초리가 마유카를 향했다. ——하지만 마유카보다도 저 소녀가 압도적으로 주목을 모으고 있었다. 엠프티, 빈 껍데기 소녀, 준정령보다 못한 자. 이곳에 모인 전투를 경험한 적이 없는 준정령도 간단히 해치울 수 있을 만큼, 영력이 부족한 존재——.

"허, 헛소리하지 마……! 멋대로 나선 걸로 모자라 멋대로 난리를 피워……?! 영력 컷! 티끌로 돌아가 버려!"

투둑, 하고 뭔가가 끊어지는 소리가 들렸다. 엠프티는 타인이 영력을 보충해주지 않으면 서서히 죽어가는 생명체다.

그러니 죽음을 두려워해야만 한다. 하지만——.

"……하아, 끊어버렸나요. 짧은 시간 동안이시만 수고 많으셨어요. 뭐, 이 정도 영력은 저에게 있어 **티끌에 불과했지만 말이죠.**"

쿡쿡.

쿡쿡.

쿡쿡, 쿡.

쿠루미는 웃음을 흘리고 있는 소녀를 향해 방아쇠를 당겼다.

하지만 소녀는 몸을 비정상적으로 비틀어 총탄을 피했다.

그리고 소녀가 날카롭게 숨을 내뱉은 순간, 쿠루미는 뒤편으로 몸을 날렸다.

"늘어나."

소녀가 지닌 낫 형태의 무명천사의 자루 부분이 늘어났다. 반사적으로 〈자프키엘〉의 장총으로 막았지만— 그대로 관객석을 향해 튕겨져 날아가고 말았다.

"쿠루미 씨!"

"……물러나세요!"

쿠루미의 머릿속에서 신호가 발생하고 있었다. 위험신호, 그것도 어마어마한 수준이었다.

말쿠트의 『돌마스터』가 그 위험신호를 무릅쓰며 싸우는 준정령이었다면, 그녀는 정반대다.

위험신호를 줄줄 흘리며 다니는, 독 덩어리다.

"뭐가…… 어떻게, 된 거야……. 어째서……."

마유카는 망연자실한 표정으로, 방금까지 자신이 노예처럼 부렸던 엠프티가 기분 나쁜 무언가로 변모해 가는 모습을 지켜보고 있었다.

"하아, 이런이런……."

관객석에 내동댕이쳐졌던 쿠루미가 몸을 일으켰다. 쿠루미와 부딪쳤던 준정령들이 기절한 것 같지만, 지금은 그들을 신경 쓸 때가 아니었다.

"어머나."

소녀는 즐거운 듯한 눈길로 쿠루미를 노려보았다. 쿠루미 또한 빙긋 웃으면서 소녀를 마주 쳐다보았다.

미즈하도, 리네무도, 그리고 히비키조차도, 단 한 걸음도 움직이지 못했다.

유일하게 창만이 저 두 사람에게 대항할 수 있을 정도의 운동능력과 정신력을 지녔지만, 그녀는 전사의 예의를 지키기 위해 나서지 않았다. 저 소녀는 쿠루미의 사냥감이라고 여기는 것이다.

두 소녀는 무대 중앙에서 대치했다.

쿠루미가 입을 열었다.

"아까 한 질문은 취소하도록 하죠. 당신의 이름을 여쭤도 될까요?"

                                                    "루크라고 해요."

    "목적은 뭐죠?"

                                        "이 『달의 목소리』예요."

    "그건 **중간 목표**일 테죠. 최종 목적은 뭐죠?"

                                            "알려줄 수 없어요."

    "그런가요. 알려줄 수 없는 건가요."

                                                            "예."

    "아아, 그렇다면—."

                    "죽여 드리죠."

                    "죽고 싶나 보군요."

토키사키 쿠루미의 천사, 〈자프키엘〉이 발동되자, 거대한 시계 문자판이 모습을 드러냈다.

총성이 울려 퍼지고, 거대한 낫이 반짝였다. 쿠루미는 그림자 탄환을 연사하면서 루크에게 접근했다.

─그렇다. 접근했다.

총을 가지고 있는데도 불구하고, 그녀는 접근전을 노렸다. 그것이 숙련된 전사인 쿠루미가 내린 판단이었다.

저 낫이 얼마나 「늘어나는지」 알 수 없는 만큼, 접근을 하는 편이 차라리 싸우기 편할 것이다.

도약을 한 소녀는 몸을 젖혀서 탄환을 피했다.

그 모습에 쿠루미가 즉시 재장전을 한 순간─

"휘어져."

방금 피했던 낫이 **자루 채로 휘어졌다.**

쿠루미는 그 말도 안 되는 힘을 보며 어이없어했다. 그녀는 아까 「빼앗아」라고 말하며 리네무를 낫으로 벴다. 그리고 ─ 목숨을 빼앗지도, 사물을 부수지도 않으며, 빼앗아야 할 물건만 빼앗았다.

"이게……!"

낫의 날이 쿠루미의 볼을 스치고 지나갔다. 관객인 준정령들이 뒤늦게 비명을 질렀다. 준정령들이 도망치기 시작했고, 미즈하를 지키는 보디가드가 리네무와 히비키를 억지로 무대 뒤편으로 후퇴시켰다.

쿠루미는 비정상적인 자세에서 탄환을 쐈지만, 그녀는 그 것도 피했다.

"【알레프】—!"

쿠루미는 자기 자신에게 탄환을 쏴서 몸을 가속시켰다. 하지만, 루크는 그런 쿠루미의 속도에도 대응했다.

믿기지 않는다.

믿기지 않을 정도로, 강하다!

"큭, 이게…… 【자인】!"

그렇게 외친 순간, 루크는 낫을 놓으며 몸을 옆으로 피했다. 【자인】은 낫에 꽂히더니, 그 무명천사의 시간을 정지시켰다. 하지만 그것은 어디까지나 단순한 무기에 불과했으며, 루크는 영향을 받지 않았다.

루크는 방금 손을 뗐던 낫을 다시 움켜쥐더니, 봉인되어 있던 시간을 찢듯 그대로 휘둘렀다.

낫의 자루 부분이 쿠루미의 복부에 꽂히자, 그녀는 아무 도 없는 관객석에 내동댕이쳐졌다.

"쿠루미 씨!"

쿠루미는 자신을 부르는 히비키에게 괜찮다는 제스처를 보냈다. 아직 그럴 여유는 있었다.

하지만—.

아까 전의 신들린 라이브를 통해 회복되었던 영력이 엄청 난 기세로 소비되고 있었다.

게다가 자프키엘은『탄환』을 쏠 때마다 영력 이외에도『시간』— 즉, 사용자의 수명을 소비한다. 그러니 싸움이 길어지는 것은 피하고 싶었다.

물론 그에 걸맞은 힘을 지닌 천사이기도 했다. 『탄환』을 조합하면 상상을 초월하는 힘을 발휘할 수 있는 점도 자프키엘의 특징인 것이다.

극단적으로 말해, 자신에게 【알레프】를, 상대방에게 【두 번째 탄환】를 쏘면, 이론적으로는 상대방의 몇 배나 되는 속도로 움직이며 공격할 수 있다.

하지만, 그럴 수가 없다. 【알레프】를 자기 자신에게 쏘면 후방으로 물러섰고, 【베트】를 쏘면 피해버렸다.

마치 물과 싸우고 있는 것만 같았다. 총을 쏴도 빗나가거나, 피하거나, 혹은 투과됐다. 정통으로 맞더라도 급소는 빗겨내서 대미지를 최소한으로 줄였다.

"시간이 아깝네요."

그 담담한 말을 들은 순간, 쿠루미의 분노는 정점에 달했다. —그 말이 사실이라는 걸 이해한 것이다. 정체와 목적과 이유를 알 수 없어서, 행동 패턴을 파악할 수가 없다.

쿠루미는 주위에 쓸 만한 것이 없는지 살폈다.

관객인 준정령은 대부분 사라졌다. 모모조노 마유카만이 멍하니 서 있었다. 보디가드들— 쓸모없다. 그녀들은 반오인을 지키기 위한 존재다. 게다가 걸림돌만 될 것이다.

키라리 리네무와 반오인 미즈하— 쓸모없다. 그녀들에게는 전투능력이 없다. 미즈하와 함께 리네무도 보디가드들에게 보호받고 있는 점은 다행이었다.

히고로모 히비키— **이 자리에서는** 쓸모가 없다.

그녀에게 의지하는 것은 나중의 일일 거라는, 기묘한 계시 같은 직감이 들었다.

그렇다면— 어떻게 할 것인가.

섬광— 아이디어. 어이가 없을 뿐만 아니라 성가시지만, 그렇기 때문에 효과가 있을 거라는 확신이 들었다. 하지만, 이게 통하는 것은 딱 한 번뿐이다. 실패하면 그걸로 끝이다.

즉, 지금과 다를 바 없는 것이다.

"〈자프키엘〉!"

시계판이 움직이자, 루크는 경계하듯 멈춰 섰다.

중요사항…… 루크는 자신의 능력에 대해 알고 있다. 속속들이 알고 있는지는 알 수 없지만 말이다.

중요사항…… 그렇기 때문에 【베트】와 【자인】을 경계하고 있으며, 【알레프】를 통한 자기 강화 또한 파악하고 있다.

중요사항…… 쿠루미는 상대에 대해 아무것도 알지 못한다. 성격조차도 말이다. 엠프티, 빈껍데기, 무색(無色)이기는 하지만, 순진무구하지는 않다.

무명천사의 능력— 목소리와 지시에 따라 자유자재로 변화

하는 낫. 하지만, 그것만이 아닐 거라고 쿠루미는 확신했다.

그러니 우선 【알레프】로 자기 자신을 가속시켰다.

"알몸으로 만들어 드리죠. ―【열 번째 탄환^{유드}】!"

쿠루미는 전투에서는 거의 쓰이지 않는 조사용 탄환을 썼다. 아나나 다를까, 루크는 낫을 휘둘러 탄환을 쳐냈다. ― 그 회피 동작 패턴이 열세 발 이전과 스물일곱 발 이전에 쏜 탄환을 막아낼 때와 완전히 동일하다는 것을 확인한 쿠루미는 안도했다.

쨍그랑, 하는 소리가 들렸다. 살상력이 없는 탄환인 【유드】는 맞은 물질의 기억을 읽어내는 능력을 지녔다.

낫에 의해 튕겨난 【유드】가 쿠루미의 가슴에 꽂혔다.

그 순간, 낫의 기억이 그녀에게 눈사태처럼 쏟아져 들어왔다.

"―윽!"

또 믿기지 않는 일이 벌어졌다.

에러가 너무 많았다. 마치 **이렇게 될 것을 예측하고 있었던 것만 같았다.** 하지만, 그래도 파악할 수 있는 것이 있었다.

―아아, 모든 것을 바치겠어요. 당신에게, 그대에게, 제 모든 것을 바치겠습니다.

―하얀 여왕^퀸이여. 당신이야말로 제 모든 것입니다.

―예, 부디 저를 마음껏 이용해 주세요. 저는 당신의 말,

당신을 지키기 위해 이곳에 있는 것이니까요.

　—이 원색(原色)의 무명천사 〈버밀리언〉으로, 반드시 당신의 장애물을 갈가리 찢어발기겠습니다.

　"이건……."

　루크는 당황한 표정으로 쿠루미를 쳐다보았다. 그리고 다시 공격을 퍼부으려 했다.

　"어머, 어머. 당신, 신봉자였군요."

　"……방금, 뭐라고 했죠?"

　공기가 딱딱하게 굳었다.

　"퀸, 인가요. 그리고 당신은 체스말이군요. 즉, 루크가 아니라 룩(Rook)이었나요. 멋진 이름이에요. 하지만 결국 체스말은 체스말에 불과하죠. 여왕 흉내나 내고 있는 불쌍한 **누군가**를 모시기만 할 뿐인 인형이에요. 아아, 괜히 열 내서 싸울 필요는 없겠군요. 당신 같은 분들은 보통 마지막에 자기가 모시던 이에게 배신당해서 죽으니까요. 이참에 죽을 때 외칠 대사라도 연습해두는 게 어떨까요? 『그렇게 헌신하며 모셨는데!』 같은 거 말이에요."

　걸려들었다.

　부들부들 떨고 있었다. 제삼자가 봐도 확연하게 알 수 있을 만큼 분노에 떨고 있었다.

　"그 이름을……."

히비키는 이런 상황인데도 웃음을 터뜨리고 말았다. 대체 왜, 어떻게 하면, 냉정하고 여유롭던 소녀를, 저렇게까지 화나게 할 수 있을 것인가.

"너 따위가 입에 담지 마아아아아아아아아아아아앗!"

느닷없이 폭발했다. 그녀는 울부짖음에 가까운 고함을 지르며, 엄청난 기세로 돌진했다. 쿠루미는 그녀의 마음에 말뚝을 꽂은 걸로 모자라 소금과 고춧가루와 타바스코 등을 잔뜩 뿌린 것이나 다름없었다.

그녀는 분노에 휩싸인 채 거대한 낫을 휘둘렀다.

쿠루미는 허둥지둥 물러섰다. 그리고 낫의 공격 범위에서 벗어났지만— 그것은 의미 없는 행동이었다.

"늘어나!"

당연히, 이렇게 됐다.

냉정하게 생각해보면, 그녀가 이 상황에서 외쳐야 했을 말은—.

"쏴, 가 아니었을까요."

쿠루미는 분노가 담겨 휘둘린 낫을, 장총과 단총으로 받아냈다.

"크, 으윽⋯⋯!"

쿠루미는 죽을 고비를 수도 없이 넘겨왔던 그녀만이 파악할 수 있을, 그런 절묘한 타이밍에 낫을 튕겨냈다.

"도— 돌아와!"

"늦었어요!"

장총, 그리고 단총에서 탄환이 발사되었다.

탄환 한 발을 명중시키자, 상대의 균형이 무너졌다. 탄환을 한 발 더 명중시키자, 상대가 균형을 찾기도 전에 총을 쏠 수 있었다.

키히히히히히히, 하고 지옥 밑바닥에서 흘러나오는 듯한 사신의 웃음소리가 들렸다.

루크, 아니, 룩은 총 열여덟 발의 탄환을 맞았다.

"커, 어어어어어어억! 날, 아…… 날아아아앗!!"

놀랍게도 — 아니, 놀랄 일은 아니지만 — 룩은 하늘로 날아올랐다.

게다가 영력을 소비하며 둥실둥실 날아다니는 게 아니라, 제트 엔진처럼 불꽃을 분출하는 낫을 이용해 하늘을 날았다.

"꺄아아아아아아아아아아아아아아아아?!"

게다가, 도중에 모모조노 마유카를 안아들면서 말이다.

그리고 콘서트장의 지붕을 부수더니 그대로 밖으로 날아갔다.

"……창 양!"

"—알았어, 추격할 테니까, 연락 줘."

창은 무표정한 얼굴로 그렇게 말한 후 하늘로 날아올랐다.

"자, 그럼…… 리네무 양, 괜찮나요?"

쿠루미는 걸음을 옮겼다. 보디가드들은 미즈하의 명령에

따라 경계 태세를 해제한 상태였다.

리네무는 고개를 끄덕였다.

"으, 응. 괜찮아."

"베는 게 아니라, 훔치는 게 목적이라 다행이군요."

"깜짝 놀라기는 했지만 말이야……. 그것보다 쿠루미? 마유카는 어떻게 되는 거야?"

"루크, 아니, 룩 양이 무슨 생각인지는 모르겠지만…… 죽이려는 건 아닐 거예요. 아마 세피라의 파편을 빼앗아서 영력을 보충할 속셈으로 끌고 간 거겠죠."

그녀는 열여덟 발이나 되는 탄환을 맞았다. 치료를 위해서는 대량의 영력이 필요할 것이다. 쫓기고 있지 않다면, 인근에 있는 준정령들을 몰살시켜서라도 영력을 확보할 것이다.

쿠루미의 대답에 리네무는 땅이 꺼져라 한숨을 내쉬었다.

"저기, 모모조노 마유카는 바보에다가, 악랄한 소인배인데다, 자기가 귀엽다는 생각에 빠져있는 쓰레기지만……."

"예, 예. 그렇죠."

"나는 그 녀석만큼 『살고 싶어 하는 애』를 본 적이 없어. 아마 꽤 반성도 했을 테니까 구해주지 않겠어?"

"저기, 저도 부탁드릴게요. 그녀는 나름 괜찮은 노래를 부른답니다."

반오인 미즈하도 부탁을 했다.

"구해주고 싶은 마음은 굴뚝같지만, 조건이 있답니다.

……당신들의『시간』을 받아가겠어요."

키히히히히, 하고 웃고 있는 쿠루미가 사신 같은 미소를 지은 듯한 느낌이 들었다.

"……그리고, 히비키 양."

"아, 예!"

히비키가 후다닥 뛰어왔다.

"……저는 룩과 결판을 내러 갈 거랍니다. 늦어도 괜찮으니, 따라오세요."

"……"

"그 소녀는 이 영역에 존재해서는 안 되는 개념^것이에요."

쿠루미의 시계로 된 눈도, 평범한 눈도, 진지하기 그지없었다.

"……알았어요!"

쿠루미는 고개를 돌리고 안색이 나빠 보이는 리네무와 미즈하 앞에 섰다. 쿠루미가 아까 지은 미소가 무시무시했던 건지, 리네무와 미즈하는 부둥켜 앉은 채 공포에 떨고 있었다.

"저, 저기,『시간』을 받아간다는 게, 무슨 말이죠?"

"우, 우리들, 할망구가 되는 거야?! 어, 어쩌지?! 아이돌 노선을 변경해야겠네!"

리네무는 나이를 먹어서도 아이돌로서 계속 활동할 생각인 것 같았다. 뭐, 그녀라면 나이를 먹더라도 변함없이 밝은 목소리를 다른 이들에게 들려줄 수 있으리라.

"……저는 그렇게 악랄하지 않답니다."

쿠루미는 약간 삐친 듯한 목소리로 그렇게 말했지만, 저 두 사람이 저렇게 공포에 떠는 것도 무리는 아니었다.

"애초에 준정령인 당신들에게 있어서는 두려워할 일도 아니죠. 약간 몸이 나른해진다고나 할까, 졸리기만 할 거랍니다. 급격하게 나이를 먹지는 않아요."

쿠루미는 그렇게 말하더니, 곧 다른 제안을 했다.

"정 신경이 쓰이신다면, 여러분 전원에게서 **조금씩 받아간다**는 것은 어떨까요? 그러면 개개인이 느끼는 부담은 극도로 줄 테고, 몸이 좀 나른해지더라도 관객을 모아서 노래를 들려준다면 바로 회복될 테니까요."

쿠루미는 거의 텅 빈 관객석을 쳐다보며 그렇게 말했다.

"으음."

리네무는 그 말을 듣고 생각에 잠겼다.

"다행히, 룩이 사라졌다는 건 도망친 준정령들도 알 거랍니다. 도미니언이라면 관객들을 다시 이 자리로 불러 모으는 것도 가능하지 않나요?"

"……어쩔 수 없네. 미즈하, 노래할 수 있어?"

"예?! 아, 예! 할 수 있어요."

"아까 했던 약속을 지금 지키게 됐네. 듀엣, 해볼까?"

리네무가 윙크를 하며 그렇게 말하자, 미즈하의 얼굴이 환해졌다.

"예! 하죠! 해요! 즐겁게 노래를 부를게요!"

매니저는 그런 미즈하를 제지하려다 관뒀다. 미즈하의 얼굴이 기쁨으로 가득 차 있었던 것이다. 지금까지 차분한 미즈하만 지켜봐왔던 매니저에게, 그 표정은 신선하기 그지없었다.

"매니저, 곡은 뭐가 좋을까요?"

미즈하가 묻자, 매니저는 미소를 지으며 대답했다.

"그럼 원래 마지막으로 부를 예정이었던…… 기쁨을 노래하는 『Enjoy My Life』가 적절하겠죠."

"좋아!"

두 사람은 한 목소리로 그렇게 말하면서 무대 중앙으로 걸어갔다. 그리고 미즈하는 바람을 일으켜서 트러블이 해결됐을 뿐만 아니라 자신들이 무사하다는 걸 알린 후, 키라리 리네무와 함께 라이브 무대를 재개할 거라는 사실을 알렸다.

5분도 채 지나기 전에 콘서트장에 준정령들이 몰려들었다. 그 사이, 히비키와 쿠루미는 무대 뒤편으로 이동했다.

"와우, 전대 도미니언과 현 도미니언이 콤비를 짠다니 순식간에 객석들이 손님으로 가득 찼네요. 으으, 분해라. 원래라면 이 손님들은 저희 차지인데 말이죠."

히비키는 약간 복잡한 표정을 지으며 중얼거렸다.

"저는 여기서 본격적으로 아이돌 활동을 할 생각이 없답니다."

"그건 알고 있지만요~."

"그것보다 히비키 양. 당신은 이 회장에서 떨어진 곳으로 이동해 주세요. 〈시간을 먹는 성〉은 무차별적으로 『시간』을 빼앗죠. 약간 나른해지기만 하겠지만, 그래도 저희가 앞으로 할 일을 생각하면 물러나 있는 편이 좋을 거랍니다."

"아…… 예!"

히비키가 콘서트장 밖으로 나간 것을 확인한 쿠루미는 그림자에 온몸을 집어넣었다. 그 순간, 무대 위에 있는 미즈하와 리네무가 입을 열었다.

"아까는 미안했어!"

"보시다시피, 트러블은 해결됐습니다. 이제 마음껏—."

"우리의 노래를! 마음껏 들어줘! 즐겨줘~!"

반주가 시작되자, 관객들이 점점 흥분하기 시작했다. 노래가 시작되자, 압도적인 감동에 사로잡힌 관객들이 절규를 토했다. 열광의 소용돌이 속에서, 그림자에 몸을 집어넣은 쿠루미가 혼잣말을 했다.

"그럼, 받아가도록 할까요."

그 순간— 콘서트장에 있는 준정령들이 기묘한 나른함을 느꼈다.

〈시간을 먹는 성〉. 범위 안에 존재하는 준정령에게서 시간을 빼앗는 능력이다. 이 평화로운 예소드에서는 절대 써서는 안 되는 힘인 것이다.

쿠루미의 왼쪽 눈에 새겨진 시계 문자판이 반대 방향으로 회전하더니, 이 콘서트장에 있는 준정령들 개개인에게서 아주 약간의 『시간』을 빨아들였다.

……하지만 그녀들은 미세한 나른함만 느꼈을 것이다. 그 나른함조차도 리네무와 미즈하의 노래를 듣고 느낀 감동 때문에 깨끗하게 잊혀졌다.

그야말로 **시간 가는 줄 모르는 것 같다**고 생각한 쿠루미는 빙긋 웃었다.

준비는 다 됐다.

콘서트장에 모인 준정령들에게 부담을 주지 않을 정도만 『시간』을 보급 받은 쿠루미는 다시 〈자프키엘〉의 힘을 사용했다.

"〈자프키엘〉— 【알레프】!"

노랫소리에 섞여들 듯, 희미한 총성이 울려 퍼졌다.

행사장 밖으로 뛰쳐나간 쿠루미는 엄청난 속도로 인계의 하늘을 가르며 나아갔다.

그녀는 뒤편을 힐끔 쳐다보았다. 예상했던 대로, 새하얀 소녀가 자신을 열심히 쫓아오고 있었다.

그녀가 이렇게 쫓아오고 있다는 것만으로도 마음이 든든 해졌다.

"히비키 양, 먼저 가겠어요."

쿠루미는 히비키가 듣지 못할 거라고 생각하면서도 그렇

게 중얼거리며 속도를 높였다.

그리고 문득, 결전의 땅은 **그곳**일 거라는 예감이 들었다.

○그리고, 하얀 여왕[퀸]

사랑, 사랑, 사랑하고 있어.

좋아, 좋아, 좋아하고 있어.

그대만을, 당신만을.

차지하려 하진 않아, 이뤄질 생각도 없어.

그러니 부디, 부디 나를―.

잊지 말아줘―.

―아지랑이처럼 노래하고.

―아지랑이처럼 죽을 거야.

◇

짤깍짤깍, 하는 소리가 들렸다.

눈앞에 있는, 언제나 순종적이던 소녀가 어느새 괴물로
변모했다.

하지만, 가장 문제인 것은, 그 소녀가 자신을 납치했다는
것이다.

불길한 예감이 마음속에서 샘솟있다.

게다가, 이 장소는―.

"『크래들』……."

"여기서 만나기로 약속했습니다. 저와, 그분이 처음 만난 바로 이곳에서—."

룩이 뭔가에 도취된 듯한 어조로 그렇게 말했다.

아까 싸움을 통해 그녀의 실력, 그리고 자신에 대한 인식은 이미 알고 있다. 살아남기 위해서는 최선을 다해 노력해야만 한다는 것도 말이다.

무슨 짓을 해서라도 1초라도 더 살자— 그런 기원을 마음에 품었다. 하지만, 그 가능성이 극도로 낮다는 것도 이해하고 있었다.

"……"

침묵을 선택하면, 할 일이 없어진 그녀가 자신을 죽일 것이다. 그러니 무슨 말이라도 해야 한다.

추억에 잠겨있던 룩이 자신을 향해 고개를 돌린 순간, 입을 열었다.

"……나 이외에도, 다른 누군가와 이어져 있었던 거야?"

"예. 당신이 제 주인이라고 생각하고 있었나요?"

그 물음에 어깨를 으쓱했다.

"그런 착각에 빠져 있었던 것 같아."

"예. 저는 당신의 이름조차 잘 생각이 나지 않아요."

"모모조노 마유카야! 하아, 이름 정도는 기억해줘도 되잖아!"

호흡이 거칠어졌다.

시시각각 죽음이 밀어닥치고 있는 듯한 느낌을 받으면서

도 연기를 계속했다.

"……어머, 묻지 않는 건가요?"

"뭘 말이야?"

"당신을 이곳으로 끌고 온 이유, 말이에요."

"인질로 쓰려고 끌고 온 거 아냐?"

"아뇨. 당신에게는 인질로 이용할 가치가 없어요."

그건 나도 알아, 마유카는 마음속으로 투덜거렸다.

"영력을 보급하기 위해서예요. 당신이 지닌 세피라의 파편을 도려낼 거예요."

아아, 역시― 그럴 줄 알았어.

"잠깐만 기다려. 내 영력처럼 보잘 것 없는 걸 취하지 않아도 되잖아? 너한테는 『달의 목소리』가 있으니까 말이야!"

그녀는 그 말을 듣더니, 『달의 목소리』를 꺼내서 마유카에게 보여줬다.

"이걸 흡수할 순 없어요. 이건 그분에게 바칠 것이니까요. 저는 이걸 얻기 위해, 이곳에 온 거예요."

"뭐……? 자, 잠깐만. 『달의 목소리』를 손에 넣기 위해서, 나에게 예속된 척을 한 거야?"

"예. 그분을 위해서 말이죠."

그녀는 헌신과 신뢰로 가득 찬 목소리로 대답했다.

엄청난 실력을 지닌 이 소녀가 이렇게 신봉하는 이가 누구인지, 상상하는 것도 무시무시했다.

"『달의 목소리』는 손에 넣었어요. 이제 그분께서 오시기만 기다리면—."

"자기가 쫓기고 있다는 건 잊은 거야?"

"준정령 따위는 저 혼자서도 몰살시킬 수 있어요."

"……토키사키 쿠루미도 죽일 수 있겠어?"

소녀의 표정이 무너졌다.

짜증이 난 그녀는 차가운 살의를 머금은 눈으로 마유카를 쳐다보았다.

지금이 승부처라는 것을 깨달은 마유카는 필사적으로 머리를 굴리면서 입을 놀렸다.

"너, 이기지 못했지? 이기지 못해서 이렇게 도망을 친 거잖아. 만약 토키사키 쿠루미가 너를 쫓아온다면, 내가 지닌 세피라의 파편으로 회복시킨 영력만으로 이길 수 있겠어? 아까 전에 싸우면서 그렇게 영력을 잔뜩 쓰고도 이기지 못했잖아?"

그녀는 마유카의 멱살을 잡더니— 그대로 흔들어댔다.

마유카는 자신이 생사의 갈림길에 서 있다고 생각했다. 그리고 기원했다.

하느님, 정령 님, 부탁이에요. 두 번 다시 악랄한 짓을 꾸미지 않겠어요. 두 번 다시 아이돌로서 노래하지 않겠어요. 다른 직업을 찾아볼게요. 다른 존재이유를 찾아볼게요. 저한테 어울리는, 올바른 무언가를 찾을게요.

"시끄럽게 조잘대는 파리군요. 지금 바로 당신이 지닌 세 피라의 파편을 도려내 주겠어요."

그러니까, 부디, 저를, 구해주세요……!

"─윽!"

그 순간, 괴물은 마유카도 느낄 수 있을 만큼 농밀한 살기를 뿜으면서 주저 없이 **그것**을 휘둘렀다. 그것이란 창과 해머의 복합무기─ 핼버드였다. 그리고, 이렇게 흉흉하기 그지없는 무기를 다루는 소녀는 이 예소드에 단 한 명 뿐이다.

"보호해!"

바로─ 비스킷 스매셔라는 별명을 지닌 소녀, 창이었다.

그녀가 날린 필살의 일격은 〈버밀리언〉에 막혔다.

"창……!"

"토키사키 쿠루미는 내 사냥감. 그걸 가로채려 한 이상, 너도 내 적. 그리고, 솔직히 말하자면, 너와도 싸워보고 싶어."

"이익, 성가신 녀석……!"

룩은 혀를 차면서 후퇴했지만─ 창은 그걸 허락하지 않겠다는 듯이 파고들면서 핼버드를 휘둘렀다.

그 순간, 마유카는 털썩 주저앉았다.

아까 전의 기도가 이뤄진 것을 진심으로 기뻐하며, 새로운 맹세를 했다.

"……다른 영역으로 가야지……."

어디든 좋으니, 아무튼 평온하게 지낼 수 있는 장소로 가자.

마우카는 그렇게 생각하면서 일단 숨기로 했다. 꼴사납게 기어 다니면서도 살아있다는 기쁨을 마음껏 느꼈다. 그리고 이 환희가 있는 한, 자신은 사라지고 싶지 않다고^{죽고 싶지 않다} 생각할 수 있다는 확신을 품었다.

◇

사실, 룩에게 있어 창은 싸우기 쉬운 상대였다.

그것도 그럴 것이, 돌격을 해서 한 방 먹일 생각밖에 안하기에 다루기 쉽고, 제어하기 쉬우며, 피하기도 쉬운 3종 세트다.

하지만, 그런데도 밀리고 있었다. 당연했다. 한심한 대화를 나누느라 모모조노 마유카가 지닌 세피라의^{영혼} 파편을 빼앗지 못했던 것이다.

부족하다. 힘이 너무나도 부족하다. 하지만 교활한 전략을 구사하는 토키사키 쿠루미보다는 훨씬 싸우기 쉬운 상대다.

두 번, 세 번, 네 번, 다섯 번, 여섯 번, 끊임없이 격돌하면서도, 상대의 공격을 전부 여유롭게 막아냈다. 까딱 잘못했다간 저 공격에 머리가 박살나고 말 테지만, 룩은 전혀 무섭지 않았다.

애초부터 죽음을 두려워하지 않았고, 자기 사명을 다하지 않는 것도 두려워하지 않았다. 최선을 다한 끝에 죽는다면, 그것만으로도 그분에게 도움이 되는 것이다. 아니, 지금까지 그런 식으로 도움이 되어 왔다.

─도움이 되려고 한 시점에, 가치가 생겨난다.
─그러니, 이제 죽어도 된다.

그렇다. 언제 죽어도 괜찮다. 지금은 여분의 삶을 살고 있을 뿐이다. 빛나고 있다. 반짝이고 있는 것이다.
자, 더욱 찬란하게 빛난 후에 사라지자─!
"흩어져."
"쏴."
"노려."
거대한 낫이 축소되면서 분열되더니, 화살처럼 창을 향해 쏟아졌다.
"아닛……!"
이것은 룩에게 있어서 비장의 카드였다. 근접전투에 계속 어울려준 것도 바로 이 때문이다.
창의 온몸을 꿰뚫기 위해, 그녀를 둘러싼 홍련의 화살이 엄청난 기세로 발사됐다.
"─대·회·전!"
창은 자신과 함께 핼버드를 엄청난 기세로 회전시키더니,

그와 동시에 〈극사영장 15번〉[브리니클]도 발동시켰다. 하지만 미처 막아내지 못한 수많은 화살이 창의 몸에 꽂혔다.

"크. 으으으······."

"쳇······."

하지만, 창은 죽지 않았다. 어마어마한 생명력이었다. ― 공격을 당한 부위를 자신의 영장으로 전부 얼려서 치명상을 피한 것이다.

동상을 입은 대미지에 이를 악물며 버티고 있는 것 같았다. 그렇다면 이제 숨통을 끊어주기만 하면 된다.

"모여."

분열됐던 무기가 뭉치면서 다시 거대한 낫으로 변했다. 룩은 이번에야말로 세피라의 파편을 도려내기 위해 내달렸다.

총성.

룩은 멈춰서면서 아연실색했다. 맙소사, 이럴 수가······.

"토키사키······ 쿠루미······!"

노래하고 춤추는 아이돌다운 모습은 이미 존재하지 않았다. 그 화려한 복장은 『크래들』에 어울리지 않았다. 즉, 그녀는 평소와 마찬가지로 자신의 매력과 가련함, 그리고 **두려움**을 최고로 반영한 옷을 입고 있었다. 그것은 바로 최고위를 가리키는 이름이 붙은 영장― 〈신위영장 3번〉[옐로힘].

"⋯⋯꽤 빨리 왔네."

창이 그렇게 말하자, 쿠루미는 어깨를 으쓱했다.

"충분히 보급을 했거든요."

"보급⋯⋯ 설마⋯⋯."

룩은 아연실색했다. 도미니언인 반오인 미즈하와 키라리 리네무, 그리고 그곳에 모여 있던 관객들에게, 자신의 능력을 사용했다— 방금 한 말은 그런 뜻을 내포하고 있는 것이다.

"뭐, 여기까지 날아오느라 꽤 지치기는 했답니다. 그래도 그건 피차일반이죠?"

쿠루미는 두 손을 펼치며— 울부짖었다.

"〈자프키에에에에에에에에엘〉!"

두 손에 쥐어진 클래식 디자인의 단총과 장총.

등 뒤에 존재하는 거대한 시계판.

"자— 철저하게 유린해드리도록 하죠."

룩은 침묵을 지켰다.

룩은 출혈과 동상을 극복하며 다시 부활한 창을 경계하는 건지 두 사람에게서 떨어졌다. 물론 쿠루미의 사정거리에서는 벗어나지 않았다. 전력을 다해 도망치려는 것 같지는 않았다.

침묵.

⋯⋯갑자기, 룩의 두 어깨가 떨렸다.

"웃는 건가요⋯⋯?"

"우는 걸지도 몰라."

쿠루미와 창은 다른 추측을 내놓았고— 맞춘 사람은, 창이었다.

"죄송해요, 죄송해요, 죄송해요, 죄송해요, 죄송해요, 죄송해요, 죄송해요, 죄송해요, 죄송해요, 죄송해요, 죄송해요, 죄송해요, 죄송해요, 죄송해요, 죄송해요— 퀸."

"당신을 위해 손에 넣은 이 영력을……."

"그녀들을 쓰러뜨리기 위해 낭비하겠어요."

"하지만 배신을 한 거라고는 생각하지 말아 주세요. 살려고 발버둥을 치는 거라고도 여기지 말아주세요."

"왜냐하면, 그녀들은 당신의 적이에요. 토키사키 쿠루미뿐만 아니라, 창 또한 저희의 적이 되었어요."

"아아, 슬퍼요— 정말, 슬퍼요. 하지만 당신은 이렇게 말씀하시겠죠. 불안에 사로잡힌 저에게, 눈물을 흘리는 저에게, 이렇게 말씀해주시겠죠!"

"『그대가 살아있어서 다행이야』라고 말이에요. 아아, 아아! 아파요! 마음이 너무 아파요! 하지만, 이렇게 할 수밖에 없어요, 퀸!"

그렇게, 그녀는 손에 넣은 『달의 목소리』— 영력 덩어리인 마이크를……

한 치의 주저도 없이, 비틀어서 으스러뜨렸다.

"……쳇."

"골치 아프게 됐어……!"

부서진 마이크에서 방대한 영력이 흘러나와 전부 룩의 몸에 빨려 들어갔다.

"슬퍼요! 슬퍼요! 슬퍼요! 배신을 해서 슬퍼요……! 보답받을 수 없는 사랑을 하고 있어서 슬퍼요! 그러니 하다못해, 그녀들을 죽여서, 제 충성심을 증명하겠어요!"

방대한 영력이 응축되자— 쿠루미는 아까 콘서트장에서 벌인 싸움이 전초전에 불과했다는 것을 확신했다.

"창 양. 저와 손을 잡지 않겠어요?"

"……좋아. 아무래도 그녀는, 나도 적으로 여기는 것 같아. 하지만, 조건이 하나 있어."

쿠루미는 불길한 예감을 느끼면서 대답했다.

"제가 들어드릴 수 있는 거라면 받아들이죠."

"매우 간단해. 다음 영역에서, 또 나와 싸워줘."

"……좋아요."

아무래도 다음 영역에서도 창 때문에 골머리를 썩이게 될 것 같았다.

"좋아, 정말 좋아. 그리고 토키사키 쿠루미. ……조심해."

창이 그렇게 말한 순간, 룩은 낫을 치켜들며 힘찬 목소리로 외쳤다.

"늘어나."

그 순간, 낫이 여덟 개로 늘어났다. 분열이 아니라, 증식이었다.

"날카로워져."

"불타올라."

"회전해."

"녹아."

"나뉘져."

"감전시켜."

"사라져."

룩이 자신의 낫에 일제히 명령을 내리자— 낫은 그 말에 맞춰 변화되었다. 그야말로 천변만화(千變萬化)였다. 숫자로는 『돌마스터』의 군단에 미치지 못했지만, 전원이 어마어마한 실력을 보유한 괴물 무리였다.

"최강의 힘을 지닌 개체와, 완벽하게 통솔된 군단 중 어느쪽이 더 성가실까요…… 창 양은 어떻게 생각하죠?"

"아무래도 상관없어. ……전부 해치우면 돼."

"맞아요. 엄호는 해드리지 않을 거랍니다."

"너도 내 엄호를 기대하지 마. 그리고 내 공격 범위 안에는 들어오지 마. 마구 휘둘러댈 생각이니까, 분명 휘말릴 거야."

"예, 물론이죠. 하지만, 제가 당신을 휘말리게 할지도 모르니, 미리 사과를 해두겠어요."

"……휘말리지 않도록 노력해주기를 요구하겠어."

"알았어요. 알았지만—!"

손에 쥔 커다란 낫, 그리고 자신을 호위하듯 공중에 떠 있는 일곱 자루의 낫.

룩은 자신만만한 미소를 지으면서 그들에게 명령을 내렸다.

"돌격^{차지}!"

일곱 자루의 낫이 예리하게, 활활 타오르면서, 회전하면서, 녹아내리면서, 분열되면서, 전기를 뿜으면서, 천천히 모습을 감추면서— 쿠루미와 창을 덮쳤다.

"【알레프】!"

쿠루미는 기동력을 향상시켜서 일곱 자루의 낫을 피했다. 날카로운 날은 닿기만 해도 몸이 찢겨졌다. 불타는 날에 다가갔을 뿐인데 화상을 입었다. 회전하는 날에 휘말려서 대미지를 입었다. 살짝 스쳤을 뿐인데 깨끗하던 영장이 더러워졌다— 아니, 녹아내린 것이다.

사실상, 한 명일 때도 성가셨던 괴물이 한층 더 강해졌을 뿐만 아니라 여덟 명으로 늘어난 것이나 다름없다는 걸 깨달은 쿠루미가 한숨을 내쉬었다.

"【베트】!"

쿠루미는 코앞까지 다가온 회전 낫을 겨우겨우 막아냈다. 그리고 그것을 박차며 점프하자— 세 자루의 낫이 그녀를 쫓아왔다.

"이게……!"

〈자프키엘〉의 단총과 장총으로 낫을 쳐냈지만, 파괴할 수는

없었다. 〈버밀리언〉─ 무명천사 중에서도 최상급의 파괴력을
지닌 무기였다.

자기 자신을 늘리는 것이 아니라, 무기를 늘려서 전력을
증강시킨다. 단순하지만, 실로 효율적이면서 악랄한 전투수
단이었다.

"─큭, 【알레프】!"

속도를 높이고, 높이고, 또 높였다. 낮은 쿠루미의 영력이
바닥나기만을 노리듯 끈질기게 그녀를 추격했다.

계속 이러고 있을 수는 없다. 표적은 왕, 아니다. 룩, 룩을
쫓아야 하는 것이다.

하지만 총탄을 몇 번 쏴본 쿠루미는 그 생각을 떨쳐버릴
수밖에 없었다.

방어에 전념하고 있는 상대를 공략하기 위해서는 접근을
하거나 계략을 짜는 수밖에 없다. 장거리에서 펼치는 사격
으로는 절대 룩을 쓰러뜨릴 수 없다. 하지만 이대로는 시간
을 헛되이 허비하기만 할 뿐이다.

【첫 번째 탄환】+【두 번째 탄환】+α.

【세 번째 탄환】─ 무의미. 무명천사는 낡지 않는다.

【네 번째 탄환】─ 시간을 되감는 것에도 한도가 있다. 게
다가 다시 증식되라고 명령을 내리면 무의미해진다.

【다섯 번째 탄환】─ 미래를 내다보더라도, 자신이 낮을 피
하는 모습만이 보일 것이다.

【여섯 번째 탄환】— 사용불가.

【일곱 번째 탄환】— 잠시 생각해본 후, 사용을 단념했다. 시간을 정지시키더라도 파괴할 수 있을 지 알 수 없다.

【여덟 번째 탄환】— 상세한 효과를 모름.

【아홉 번째 탄환】— 사용 단념. 의식을 연결해본들, 낫의 조작이 흐트러지지는 않을 것이다.

【열 번째 탄환】— 이미 사용. 이제 또 사용해봤자 무의미.

11·12— 둘 다 사용 불가.

심호흡.

궁지에 몰린 것이 아니라, 궁지에 몰았다. 아마 룩은 죽을 힘을 다해 공격을 펼치고 있을 것이다. 그리고 더는 여력이 없을 게 틀림없다.

"얼어."

화염방사기처럼 불을 뿜던 낫이 갑자기 고드름을 미사일처럼 난사하자— 쿠루미는 장총과 단총을 난사해서 그 고드름을 전부 박살냈다.

그 탓에 콤마 몇 초 수준의 틈이 발생하자, 회전하고 있던 낫이 쿠루미의 등을 찢었다. 하지만 쿠루미는 낫에 관통당하는 것보다는 낫다고 마음속으로 되뇌었다.

얼어붙은 낫이 또 고드름을 만들어내기 시작했다. 쿠루미는 짜증이 치솟는 것을 느끼면서 그 낫을 향해 장총으로 탄환을 난사했다. 기관총을 연상케 하는 난사로 고드름이 생겨나는 것을 억지로 막았다.

그렇게 시간만이 점점 흘러갔다.

아까 대량으로 보급 받았던 『시간』이 밑 빠진 독에 물을 붓는 것처럼 순식간에 소모됐다.

쿠루미가 초조해하고 있다는 것을 느낀 룩이 미소를 지었다.

—확, 목숨을 잃을 것을 각오하며 돌격을 감행해볼까요.

자포자기나 다름없는 생각을 떨쳐……내려다, 마음속 한편에 담아두기로 했다. 성공할 것도 같았다. 실패할 것도 같았다. 뭐랄까, 너무나도 무모하고 매정하기 그지없는 작전이었다.

하지만, 그렇게라도 해야 해치울 수 있다— 는 확신이 들었다.

쿠루미는 창을 힐끔 쳐다보았다.

아니나 다를까, 그녀는 고전하고 있었다. 분열된 낫이 사방팔방에서 날아들고, 눈에 보이지 않는 낫에 베였으며, 지면에 내려서거나 낫에 접근하면 강력한 전류에 감전되면서 움직임이 저해됐다.

하지만 다행스럽게도 낫 또한 상대에게 입히는 대미지 자체는 별 볼 일 없었다.

그리고 창은 그런 약아빠진 술수를 정면승부로 박살내는 타입이다.

즉, 결과적으로 균형을 유지하고 있었다. 앞으로 나아가지는 못하지만, 물러서지도 않았다.

한편, 룩에게는 여유가 있었다. 『달의 목소리』에는 어마어마한 양의 영력이 담겨 있었으며, 앞으로 한 달은 더 싸울 수 있을 듯한 분위기였다.

반면 토키사키 쿠루미와 창은 아마 몇 시간도 버티기 힘들 것이다.

즉, 어떤 식으로 발버둥을 친들, 두 사람에게 승산은 없었다.

룩의 미소는 승리의 확신으로 가득 차 있었다. 하지만 그런 와중에도 쿠루미와 창을 계속 살피고 있었다. 두 사람도 상황은 이해하고 있을 것이다.

그렇다면, 그녀들에게 주어진 방법은 단 하나뿐이다.

"모 아니면 도⋯⋯!"

목숨을 건 돌격뿐이다.

"방어!"

공격을 펼치고 있던 낫 네 개가 방패처럼 쿠루미를 막아섰다.

"【알레프】!"

뛰어넘으려 하면 요격을 당했고, 돌파하려 하면 공격을 당했다.

쿠루미가 그 어떤 방법을 사용하든, 자유자재로 변환하는 낫에게 번번이 막혔다.

"이게……!"

쿠루미가 고통에 찬 표정을 짓자, 룩은 마음이 유쾌해졌다. 결국 그녀는 룩에게 탄환 한 발 맞추지 못한 채, 혀를 차며 물러설 수밖에 없었다.

완벽했다.

지금, 자신은 완벽하게 이 상황을 파악하고 있다고— 룩은 생각했다.

최강이라 불리는 준정령, 그리고 광기의 화신으로서 두려움의 대상이 되던 정령이, 엠프티인 자신에게 밀리고 있었다.

앞으로 몇 시간— 아니, 그때까지 버틸 필요는 없다. **그분이 오신다면**, 10분 안에 결판이 나고 말지도 모른다.

토키사키 쿠루미는 또 무모한 돌격을 감행하려 했다. 룩은 어리석은 짓만 반복하는 쿠루미를 보면서 득의만만한 미소를 지었다.

분신인 낮을 통해 저 둘의 대화를 들어봤지만, **아무것도 할 수 없다**. 그리고 **아무런 생각이 없다**.

상대가 우직한 돌격만 반복하는 한, 룩이 질 이유는 없다.

"무리야, 토키사키 쿠루미. 우리 힘으로는, 저 낮을 돌파할 수 없어."

창이 냉정을 되찾으라는 듯이 쿠루미에게 말을 걸었다. 그러자 쿠루미는 총을 난사하면서 고함을 질렀다.

"돌파하지 못한다면, 결국 이대로 당할 수밖에 없어요! 어떻게든 돌파하죠. 당신은 공격을 멈춘 후, 〈브리니클〉로 낫을 막아주세요!"

"……어차피 궁지에 몰린 상황이지. 좋아, 어떻게든 해볼게."

각자가 따로 돌격하는 것이 아니라, 둘이 힘을 합쳐 돌격을 감행하려 했다. ―지금이 승부처라는 걸 직감한 룩은 각오를 다졌다.

"호흡을 맞춰라, 토키사키 쿠루미. 〈브리니클〉― 폭풍."

굉음이 울려 퍼지면서, 창의 영장에서 눈사태가 발생했다. 그 눈이 자신을 막아서는 일곱 자루의 낫을 휘감더니, 주위 일대에 눈폭풍을 일으키자― 룩의 시야가 차단됐다.

"시야가……!"

이래서는 공격이 어디서 날아오는지 알 수 없다. 작전인 걸까? 아니면 우연인 걸까? 하지만, 룩에게는 무적을 자랑하는 일곱 자루의 위대한 군단이 있었다.

"가드! 탐사!"

일곱 자루의 〈버밀리언〉이 원을 그리듯 자동으로 이동하며 주위를 살폈다. 하늘과 땅을 비롯해, 그 어디서 덮쳐들든 반드시 찾아낼 수 있을 것이다.

―자, 어디서 덤벼들까요? 위? 아래? 아니면 의표를 찌르기 위해 정면에서?

"하, 아아아아아아아아아아아아아아앗!"

정답은 뜻밖에도― 정면이었다. 직진. 쿠루미가 눈폭풍을 가르며 짐승 같은 기세로 모습을 드러냈다.

장총을 양손으로 쥔 그녀는 일직선으로 돌진했다. 총을 쏘지는 않았다. ─조준을 하고 있는 건지 아까보다 속도가 느렸다. 그야말로 적과 함께 죽는 걸 각오한 듯한 돌격이었다.

그 옆에는 창이 있었으며, 두 사람은 함께 룩을 죽이기 위해 돌진하고 있었다.

"……요격."^{카운터}

룩은 중얼거리듯이 그렇게 말했다. 그러자 일곱 자루의 낫이 흉포한 병기 하나로 변하더니, 돌격을 감행한 두 사람을 덮쳤다. 일곱 자루 중 세 자루는 회전하는 방패가 되어서 쿠루미의 저격을 완벽하게 차단했고, 두 자루는 진흙이 되어 그녀들의 발을 휘감았으며, 남은 두 자루는 날카로운 창이 되어 두 사람의 심장을 노렸다.

"토………… 토키사키 쿠루미!"

창은 그녀답지 않게 당황하면서 쿠루미를 걱정하는 듯한 어조로 고함을 질렀다. 창의 목소리에서 초조함이 묻어났다. 하지만 쿠루미 또한 그녀 못지않게 고함을 질렀다.

"신경 쓰지 마세요! 이대로, 돌격하는 거예요─!"

그 기백을 느낀 순간, 등골이 서늘해졌다. 진흙과 방패로는 저 돌격을 막을 수 없다. 심장을 꿰뚫어주지 않는 한, 토키사키 쿠루미는 절대 포기하지 않는다……!

룩은 쿠루미의 발을 옭아매고 있던 진흙을 창에게 보내,

그녀의 움직임을 봉쇄했다.

지금, 그녀에게 방해받고 싶지는 않았다.

방패— 이대로 남겨두기로 했다. 자신의 낫 또한 그대로 움켜쥐고 있었다. 그리고 두 자루의 창— 아니, 거대한 침으로 변한 복제 〈버밀리언〉이 토키사키 쿠루미의 몸을 꿰뚫었다.

"커……억……."

피가 났다. 정령이라도 피는 흘리며, 찔리면 고통을 느낀다. 치명상은 아닐지라도, 두 번 다시 무모한 돌격을 할 수 없을 정도의 부상을 입은 것이다.

"……맞아라!"

하지만, 토키사키 쿠루미는 탄환을 쐈다. 칠흑빛 탄환은 〈버밀리언〉 세 자루로 이뤄진 방패를 꿰뚫더니, 흉흉한 살의와 함께 룩을 향해 날아왔다.

"이게……!"

〈버밀리언〉, 그 마지막 한 자루이자 오리지널. 룩은 그것을 휘둘러 탄환을 쳐냈다.

팔이 저릴 만큼, 강렬한 충격이 느껴졌다.

하지만, 그 덕분에 탄환은 룩의 몸을 스치지도 않았다.

승리했다. 틀림없이 이겼다, 고 생각했지만—

"……저 아이는 정말 못 밀리겠군요. 공격을 당할 것 같으면 도망쳐도 된다고 일러뒀는데 말이죠."

"어……."

아까 전의 기백이 룩의 등골을 얼어붙게 만들었다면, 방금 들린 온화한 목소리는 그녀의 평정심을 산산조각 냈다.

등 뒤.

그야말로 지근거리.

철컥, 하고 격철이 당겨지는 소리가 고풍스러운 총에서 흘러나왔다.

그리고 방금 그 목소리의 주인은, 토키사키 쿠루미였다.

"어째, 서……."

룩은 한 걸음도 움직이지 않았다. 입을 뻐끔거리는 것조차 주저될 정도의 공포가 느껴졌다. 하지만 방금까지 쳐다보고 있었던 곳을 두 눈으로 확인할 수는 있었다.

마치 가죽이 벗겨지듯, 방금까지 토키사키 쿠루미였던 존재가 다른 누군가로 변했다—.

"저 애는…… 히고로모, 히비키……?!"

"저게 바로 히비키 양의 무명천사 〈킹 킬링〉의 특성이랍니다."

능력을 빼앗는 것만이 아니다. 그녀의 무명천사는 남의 얼굴과 모습을 간단히 모방할 수 있다.

'하지만, 어떻게 연계를 한 거지? 그럴 틈은 없었고, 대화를 나눈 것 같지도 않았어. 만약 대화를 나눴다면 나도 들었을 거야…….'

쿠루미는 룩의 의문에 답해주지 않았다. 딱히 트릭이라고 할 만한 것이 아니다. 그저 탄환을 장전하려는 것처럼 그림자에 손을 집어넣은 후, 스마트폰의 대화 어플리케이션으로 두 사람에게 메시지를 보냈던 것이다.

이 인계에도 스마트폰은 유통되고 있으며, 대부분의 준정령은 그것으로 연락을 취한다. 쿠루미도 연락을 취하기 편하다는 이유로 귀찮지만 가지고 다녔는데, 그것이 도움이 됐다.

뒤늦게 도착한 히비키는 스마트폰의 대화 어플리케이션을 통해 쿠루미의 작전을 알았다.

히비키가 쿠루미로 변신한다. 창의 일격은 눈속임이다. 그리고 히비키와 교대를 한 쿠루미는 지상으로 내려간 후, 재빨리 룩의 등 뒤로 이동한다. 그리고 히비키가 돌격을 감행해서 룩을 방심하게 하는 것이다―.

"뭐, 하지만 오랫동안 유지할 수는 없어요. 그리고 대상이 눈앞에 있어야만 모방을 할 수 있거든요."

히비키는 무명천사 〈킹 킬링〉을 이용해 쿠루미로 변신했다. 현재의 쿠루미를 모방했기 때문에 상처를 입은 부분도 재현됐다. 하지만, 이디까지나 겉모습만 바뀌었을 뿐, 그 본질은 히비키 본인이었다.

"한 자루만 빌려드리죠. 탄환은 장전되어 있지만…… 방아쇠를 당기는 척만 해도 된답니다. 겉모습만 『저』일 뿐이니, 주의를 끈 다음 바로 후퇴해주세요."

쿠루미는 드물게도 걱정스런 표정을 짓고 있었다. ―히비키가 돌격을 감행하다 죽는 것은 아닐까, 하고 불안을 느끼고 있는 것이다.

하지만 소녀는 가슴을 두드렸다.

쿠루미가 자신을 의지했다는 것이 너무나도 기뻤다.

"저만 믿으세요, 쿠루미 씨."

"……예, 당신만 믿을게요."

히비키는 그 말을 듣고 진심으로 기뻐했다. 아아, 정말. 방금 그 말은 제가 목숨을 걸기에 충분해요, 쿠루미 씨―.

히고로모 히비키는 웃으면서 토키사키 쿠루미를 보냈다.

◇

"미끼^{디코이}…… 정말, 매정하군요."

"동감이에요."

쿠루미는 룩의 말에 동의하면서 방아쇠를 당겼다. 그리고 당연한 듯이 두 발, 세 발, 네 발, 다섯 발, 연이서 총을 쐈다. 그녀가 지닌 세피라의 파편이 완전히 박살나도록 말이다.

"으……."

그때, 히비키가 신음을 흘린 순간, 쿠루미의 손가락이 움직임을 멈췄다. 이제 됐다. 이미 다 죽어가는 몸이다. 세피라의 파편이 탄환을 맞고 깨지면서, 『달의 목소리』에서 흡수한 방대한 영력이 새어 나오고 있었다. 자신과 싸우려 든다면 영력이 새어나와서 죽음을 맞이할 것이며, 치료를 할 생각이라면 한동안 얌전히 있을 수밖에 없다.

히비키가 무사한지 확인한 후, 숨통을 끊어줘도 된다.

"히비키 양!"

몸에 꽂혀 있던 창을 뽑은 히비키가 자신을 향해 뛰어온 쿠루미를 향해 힘없이 미소를 지은 후, V사인을 날렸다.

"해~냈~어~요~."

쿠루미는 그 모습을 보더니 그녀의 머리를 쥐어박았다.

"아얏!"

"제가 후퇴하라고 했죠? 주의를 끌라고 말하기는 했지만, 바보처럼 정면에서 돌격하라고 말한 적은 없거든요?"

쿠루미는 총구로 히비키의 관자놀이를 꾹꾹 눌러대면서 그녀의 몸에 난 상처를 살폈다.

─치명상은 아니었다. 얌전히 있으면 회복될 것이다.

"……괜찮은가요?"

"괜찮아요."

"별 문제는 없을 거다. 그것보다 토키사키 쿠루미."

"예, 알고 있답니다."

히비키가 무사하다는 것은 확인했다. 남은 건 룩을 빨리

처리하는 것뿐이다.

쿠루미는 이해하고 있었다. 그녀는 신봉자이며, 결코 항복이나 순종은 하지 않는다.

이 예소드에서는 포박해두는 것도 힘들다. 그리고 자신들을 또 노릴 게 뻔했다.

죽여야만 한다.

쓰러뜨려야만 한다.

그것은 이 자리에 있는 이들 모두가 이해하고 있었기에, 쿠루미가 다시 룩의 머리에 권총을 겨눴는데도 아무 말도 하지 않았다.

"남기고 싶은 말이 있나요?"

쿠루미는 빈정거림이 섞이지 않은 진지한 어조로 그렇게 말했다. 설령 원망일지라도 들어줘야 한다고 쿠루미는 생각했다. 하지만 룩은 아마 침묵을 지키겠지―.

"남기고 싶은 말…… 인가요. 그럼 딱 한 마디만 해도 될까요?"

"예, 물론이죠."

"안녕히 계세요."

최후의 인사말로서는 타당하지만, 그래도 흔한 표현이다.

쿠루미는 그렇게 생각하면서 방아쇠를 당겼다.

아니―.

당겼을, 터였다.

"사랑해요."

천국에서 울려 퍼지는 종소리 같은 목소리.

혹은, 지옥에서 기어 나오는 독 가시덤불 같은 목소리.

"모든 것을, 모든 이를, 사랑하고, **사랑하지 않고,**

죽이고 싶고, 죽이고 싶지 않고, **소비하고 싶다**—

그것은 엄연한 사실이죠."

"아아……."

룩의 입에서 도취된 듯한 목소리가 흘러나왔다.

누군가가 룩을 도우러왔다는 것은 이해했다.

그 누군가가 바로, 룩이 추종하던 『그분』이라는 것도 이해했다.

『그분』은 분명 룩보다 강할 것이다. 즉, 적이 늘어났다. 그것도 이해했다.

하지만, 단 하나…….

단 하나의 사실 때문에, 토키사키 쿠루미의 두뇌는 극도로 과부하가 걸릴 것 같았다.

눈앞에 있는 소녀의 인상— 순백, 순백, 순백.

엠프티처럼 보이지만— 결정적인 부분이 달랐다.

그녀의 얼굴은 토키사키 쿠루미와 **똑같았다.**

왼쪽 눈은 희미한 푸른빛을 띤 시계판.

한 손에 쥔 것은 군도(軍刀). 세밀한 부품이 곳곳에 박혀있었기에, 마치 정밀한 기계 같았다.

"죄송해요, 죄송해요, 하얀 여왕."

"그대가 살아있어서 다행이야."

룩이 바닥을 기면서 용서를 구하자, 소녀는 그녀를 쳐다보지도 않으며 그렇게 말했다. 하지만 룩은 그 말만으로도 만족했는지, 환희에 휩싸였다. 한편, 소녀는 쿠루미를 지그시 쳐다보고 있었다. 쿠루미와 똑같은 외모를 지녔지만, 쿠루미와는 대조적인 색채를 지닌 소녀가, 쿠루미를 응시하고 있었다.

입을 떼는 것조차 용납되지 않는, 긴장의 극치.

뒤편에 있는 히비키와 창도 급변한 상황, 그리고— 쿠루미를 쏙 빼닮은 소녀를 보고 동요한 채, 아무 말도 하지 못했다.

지나칠 정도로 이질적인 상황이 펼쳐지고 있었다.

"—하!"

자신을 향해 던져진 그 말을 들은 순간, 처절한 충격을 받았다.

숙명이나 운명 같은 것이 아니라, 지극히 논리적인 필연성을 느꼈다.

"그대는—."

"당신은—."

누구인지는 모르지만, 이해하고 말았다.

적이다.

틀림없이, 그녀와 자신은 적대관계다. 무시무시할 정도의 상호이해가 이뤄진 것이다.

그녀가 웃었다.

쿠루미도 덩달아 웃음을 흘렸다.

자신이, 그리고 상대가 다음에 무엇을 할지, 손에 잡힐 듯이 알고 있었다.

─쏴!

사브르와 총이 격돌하고, 삐걱거리는 소리를 내며 엎치락
뒤치락하는 가운데, 두 사람은 그 광경을 보면서 외쳤다.

"〈각각제(刻刻帝)〉!"^{자프키에에에에에에에엘}

"〈광광제(狂狂帝)〉───!"^{루키프구스}

충격과 굉음과 단절이 눈사태처럼 쿠루미를 휘감았다.
【자인】으로 그녀의 시간을 정지시키고, 【알레프】로 마음껏
농락한 후, 탄환을 난사해 숨통을 끊어준다.

그야말로 필승의 패턴이다.

그녀는 무방비하게도 【자인】을 맞았으며, 더욱 가속한 쿠
루미에 의해 죽어도 이상하지 않을 만큼 타격과 총격을 당
했다.

─틀림없이, 쿠루미는 타격과 총격을 가했다.

"【천칭의 탄환】."^{모즈님}

공간 내부의 인과가 역전됐다. 토키사키 쿠루미를 닮은
이 하얀 괴물은 **총탄을 맞지 않았으며**, 애초에 **쿠루미는 방
아쇠를 당기지도 않았다.**

아니, 오히려 총을 맞은 사람은─ 쿠루미, 였다.

"커, 억⋯⋯!"

쿠루미는 추락하는 와중에도 필사적으로 방금 벌어졌던 상황을 해석하려 했다. 자신은 분명히 총을 쐈다. 표적의 시간을 정지시키는 【자인】을 말이다. 하지만 그 직전, 하얀 쿠루미는 강철과 톱니바퀴로 된 단총을 소환했다. 그리고 아니나 다를까, 자기 자신을 향해 총을 쐈다.

그녀가 취한 행동은 그것이 전부였다. 회피를 하지도 않았고, 【자인】은 그녀에게 명중했으며— 그리고, 그 순간, **자신의 시간은 정지됐다.** 그 후에 날린 탄환도, **전부 자신에게 꽂혔다.**

쿠루미는 곧바로 이해했다. 단 한 번만 보고도, 대략적으로 어떤 일이 벌어진 것인지 파악했다.

자신과 비슷하지만 다른 능력. 세계를 구성하기 위한, 거울을 사이에 두고 한 쌍을 이루고 있는 듯한 개념.

토키사키 쿠루미가 지배하는 것이 『시간(때)』이라면…….

저 쿠루미가 지배하는 것은 『공간(세계)』이다. 즉, 그녀가 사용한 것은 공간의 개념을 비트는 힘이다.

예를 들면, 방금 탄환이 지닌 힘은 역전(逆轉, 리버스)일 것이다. 공격을 가한 자와 당한 자를 뒤바꾸는, 말도 안 되는 개념이었다.

둘 다 물리학적, 철학적으로 존재하는지 하지 않는지 애매한 것— 이지만, 인간의 삶을 성립시키기 위해서는 없어선 안 되는 개념이다.

"성가시게 됐군요……!"

단순히 성가신 정도가 아니다. 서로가 서로에게 있어 상성이 나빴다. 하지만 더 골치가 아픈 점이 있었다. 룩과 싸우면서 느낀 바를 통해 이런 결론을 내릴 수밖에 없다는 사실이다.

『하얀 쿠루미도 〈자프키엘〉의 능력을 알고 있다.』

【자인】에 빠르게 대처했다는 것이 그 증거다. 시간이 정지된다는 것을 알고 있기에 룩은 총탄을 맞지 않으려 했고, 하얀 쿠루미는 자신의 능력으로 반사시켰다.

열두 발의 탄환— 그중 몇 개는 쿠루미의 기억에서 지워져 있지만, 하나같이 시간이라는 법칙을 뒤흔드는 엄청난 능력이다. 하지만— 탄환을 명중시켜야만 효과가 발휘되는 것이다.

어떻게 하지?

어떻게 하지?

어떻게 하지?

"……윽! 창 양! 룩을……!"

생각, 생각생각생각. 일단 할 수 있는 일부터 한다. 우선 시종부터 처리한다. 자신이 신봉하는 상대를 보고 기운을 낸 룩이 다시 부활하면 상황이 힘들어질 테니 말이다.

창도 그 말을 듣자마자 쿠루미의 판단에 따랐다.

하지만 바로 그때, 쿠루미와 창에게 있어 뜻밖인 사태가 벌어졌다.

"룩."

"아…… 예!"

"졌죠?"

"예! 죄송해요, 퀸!"

"그럼 그대가 어떤 결말을 맞게 될지, 알고 있죠?"

그녀는 쿠루미와 다르게, 어딘가 담담한 어조로 그렇게 말했다. 룩은 희희낙락하면서 고개를 끄덕였다.

"예. 뜻대로 하세요."

그 말을 들은 순간, 그녀가 쥔 사브르가 룩의 가슴을 꿰뚫었다.

"아니―?!"

"……."

쿠루미와 창은 절규했다. 그런 와중에 룩의 심장…… 세피라의 파편을 도려낸 하얀 쿠루미는 주저 없이 그것을 삼켰다.

룩이 아까 전의 전투에서 어느 정도 소비하기는 했지만, 『달의 목소리』가 지니고 있던 막대한 영력이 순식간에 그녀의 것이 됐다.

룩은 환한 미소를 머금은 채 그 모습을 지켜보고 있었다.

마치 이 세계에 아무런 미련도 없다는 듯이— 그 뿐만 아니라, 이 행위 자체가 자신에게 있어 구원이라 믿는 것만 같았다.

그리고 마지막 남은 힘을 쥐어짜내 자신의 무명천사인 〈버밀리언〉을 하얀 쿠루미에게 건넨 후, 룩은 그대로 소멸했다.

그 순간, 『순교자』라는 말이 쿠루미의 머리를 스쳤다. 그와 동시에 무의미하면서 부질없는 말 또한 떠올랐다. —**그건 『저희』도 마찬가지인 게 아닐까요.**

하얀 쿠루미는 아무것도 없는 공간을 향해 사브르를 휘둘렀다. 그러자 사브르에 베인 공간이 **입구가 되었다.**

"폰, 나오세요."

"예."

아무런 특징도 없는 소녀가 그 틈새에서 나왔다. 단순히 하얀 정도가 아니라 투명한 소녀는 하얀 옷, 하얀 피부, 붉은 눈동자를 지니고 있었다.

"이제부터는 그대가 룩이에요."

하얀 쿠루미는 그렇게 말하면서 〈버밀리언〉을 건네준 후, 주저 없이 그녀를 총으로 쐈다. 총에 맞은 엠프티는 곧 룩으로 변모했다.

영장만이 아니라 이목구비까지도, 방금 소멸한 룩과 똑같아진 것이다.

"……영력을…… 나눠줬어……?"

엄밀히 따지면 창이 한 말은 틀렸다고 쿠루미는 생각했다.

하얀 쿠루미는 총을 쏘면서 중얼거렸다—「【전갈의 탄환^{아크라브}】」라고 말이다. 그것은 아마 자신의 표식을 상대에게 새겨서 새로운 체스말^{피스}을 탄생시키는 탄환일 것이다.

순진무구^폰하기에, 그녀는 무엇이든 될 수 있다……. 즉, 몇 번을 죽이더라도, 아까 겨우 쓰러뜨린 강적이 되살아나는 것이다.

하얀 쿠루미가 또 입을 열었다.

"그럼 룩. 저들을 해치울 테니, 호위를 해주세요."

담담한 그 말에, 체념이 묻어나는 대답이 들려왔다.

"예, 퀸. 죽는 그 순간까지 룩으로서 곁을 지키겠습니다."

사신을 방불케 조합이었다. 하얀 전차^룩와 하얀 여왕^퀸. 이쪽은 세 명인데도 수적으로도 우세하다는 느낌이 들지 않을 정도의 위용을 자아내고 있었다.

쿠루미는 마른 침을 삼키며 망설임을 떨쳐낸 후, 그 이름을 입에 담았다.

"……히비키 양."

"아, 예."

"도망치세요."

히비키가 마치 버림받기라도 한 듯한 표정을 짓고 있다는 것은, 뒤를 돌아보지 않아도 알 수 있었다.

말할 필요는 없겠지만, 그녀를 버리는 게 아니라 피난시키려는 것이다. 아니, 그것도 히비키에게 전해졌다. 전해졌기 때문에, 그녀는 상처를 입은 것이다.

하지만, 현재 상황은 최악이나 다름없었다.

"괜한 소리 하지 말고 도망치세요. 부탁이에요."

"……윽!"

분한 감정이 어려 있는 신음이 들린 후, 기척이 멀어져 가는 것이 느껴졌다. 새로운 룩이 히비키를 쫓으려 했지만, 하얀 쿠루미가 눈빛으로 제지했다.

준정령 중에 그 이름을 모르는 이가 없다고 일컬어지는 비스킷 스매셔, 창이라면 몰라도 히고로모 히비키는 그녀에게 있어 아무래도 상관없는 존재일 것이다.

현재, 하얀 쿠루미의 표적은 단 한 명뿐이다.

"〈자프키엘〉의 정보를 좀 더 손에 넣고 싶군요. 저희의 새로운 힘으로 삼기 위해서 말이죠."

"알겠습니다, 퀸. ……쥐새끼는 어떻게 할까요?"

"제 두려움을 널리 알리기 위해 이용하겠어요. 방치해두세요."

쥐새끼?

쿠루미는 마음속으로 고개를 갸웃거렸다. 아무래도 이 자리에는 자신들 이외에도 누군가가 있는 것 같았다. 모모조노 마유카를 말하는 걸까? 아무래도 그녀가 아닌 것 같지만…… 쿠루미는 이내 생각을 중단했다.

"곧 싸움이 시작될 거야, 토키사키 쿠루미. ……승부는 다음 기회로 미루자."

이 상황에서 그런 소리가 잘도 입에서 나오는군요, 라고 생각하며 약간 어이없어 한 쿠루미는 고풍스러운 디자인의 단총과 장총을 양손에 쥐었다.

"―당신의 정체는 모르겠지만, 뭔지는 알겠군요."

검은 쿠루미가 선언했다.

"―그대의 정체는 알지만, 뭔지는 모르겠어."

하얀 쿠루미가 선언했다.

"당신은.", "그대는."

"해충이에요.", "제물이야."

순식간에, 사라져 가는 엠프티들의 평온한 무덤인 『크래들』은 아까 전보다 더한 지옥으로 변모했다.

○길은 이어진다

그 습격은, 말하자면 테러 사건 같은 것이다. 정보가 뒤섞이고, 사망설까지 나돌았을 즈음, 바람에 실린 목소리가 예소드의 준정령들에게 전해졌다.

—반오인 미즈하도, 키라리 리네무도 무사하다.

—습격을 한 준정령은 도망쳤지만, 곧 잡힐 것이다.

—도미니언은 바뀌지 않으며, 다시 평소처럼 일상생활을 영위할 것.

미즈하의 목소리는 절대적인 안도감으로 가득 차 있었다.

뒤숭숭하던 예소드에 다시 노랫소리가 돌아왔다. 그것을 귀로 확인한 후에야, 반오인 미즈하는 한숨 돌렸다.

"나른해서 힘드네요……. 노래를 부를 때는 그나마 괜찮았지만 말이에요."

"뭐, 우리가 자청한 거나 마찬가지니까 어쩔 수 없어~."

"저희는 자청한 적 없는데요."

미즈하의 매니저가 스포츠 드링크를 벌컥벌컥 들이켜고 있는 리네무를 날카로운 표정으로 노려보았다. 미즈하가 그런 매니저를 손으로 제지했다.

"아뇨, 그건 꼭 필요한 일이었어요. 지금은 토키사키 구루미 씨를 믿어보죠."

"으음~. 그런데 아까부터 불길한 예감이 계속 들어."

리네무는 눈치 없게 그런 소리를 했다.

그리고 유감스럽게도 미즈하 또한 그 말에 동의할 수밖에 없었다.

미즈하가 도미니언이 될 수 있었던 이유 중 하나는 바로 날카롭기 그지없는 지각능력을 지녔다는 점이다. 미즈하는 예소드의 중앙구 일대에 있는 준정령에게 목소리를 전달할 수 있을 뿐만 아니라, 한참 떨어진 곳에서 발생한 일도 감지할 수 있었다.

특히 위기적 상황에서는 더욱 그러했다. 그런 겁쟁이 같은 면모가 이 예소드에는 필요하다고, 리네무는 믿고 있었다.

그래서 그녀에게 뒷일을 맡기기로 한 것이다.

결코, 결단코, 단언하건대, 도미니언이라는 직책이 귀찮아서 떠넘기는 건, 아마도, 분명, 아닐 것이다.

참고로 리네무 또한 불길한 예감을 「문득」 느낄 수 있는 특이체질이기에, 미즈하는 자신에게 무슨 일이 생기면 그녀에게 교대를 요청할 생각이었다.

아무튼— 리네무와 미즈하는 표정이 어두웠다.

가슴의 술렁거림이 잦아들지 않았다.

맑디맑은 물에, 붉디붉은 피 한 방울이 들어간 것 같은 기분이 들었다. —겉보기에는 투명하지만, 무참하게도 그 물은 이미 오염되어버리고 만 것이다.

그리고, 몸을 일으킬 수 있을 만큼 회복된 그녀들의 앞에 한 준정령이 나타났다. 예리한 눈매를 지닌 그녀는 잿빛을 띤 긴 머리카락을 포니테일 스타일로 묶었으며, 푸른색 세일러 교복 안에는 미늘 속옷을 걸쳤다. 여자 닌자가 틀림없어 보였다.

"당신은 카레하 **언니의—**."

보디가드를 제지하고 입을 여는 미즈하의 목소리에 긴장감이 어려 있었다.

"사가쿠레 유이라고 합니다."

리네무는 무심코 가슴을 움켜쥐었다. 불길할 예감이 커져가는 것을 막을 수 없었다.

"긴급히 보고드릴 일이 있습니다. 제3영역의 도미니언, 통칭 『하얀 여왕』이 방금 이 예소드에 현현했습니다. 그와 동시에 제3의 정령인 토키사키 쿠루미 및 방랑 중인 준정령, 창과 교전에 돌입했으며, 그 둘에게 승리한 듯합니다."

아아, 리네무는 신음을 흘렸다.

왜, 자신의 나쁜 예감은— 틀리기를 바랄 때면 꼭 들어맞고 마는 것일까.

◇

　철컹철컹, 하는 귀에 거슬리는 소리가 들렸다. 그것도 자신의 근처에서 말이다. 금속이 삐걱거리는 소리였다. 탕 하고 울려 퍼진 후에 사라지는 총성과 다르게, 그 소리는 뒷맛이 씁쓸한 영화처럼 자신의 곁을 계속 맴돌았다.

　짜증이 난 나머지 그 소리에서 멀어지려 했지만, 그 귀에 거슬리는 소리에서 벗어날 수 없었다.

　'아아, 정말. 누가 이런 소리를 내는 거죠?'

　눈을 뜨며 주위를 둘러본 순간— 아연실색했다. 새하얀 벽, 검은 쇠창살, 잿빛 쇠사슬, 묶여있는 자기 자신.

　아까부터 들렸던 철컹철컹 하는 소리는 팔을 놀릴 때 쇠사슬에서 난 소리였다.

　"정신이 들었군요. 『저』."

　하지만 눈앞에 있는 『그녀』를 본 순간, 그런 것들에 대한 관심이 머릿속에서 깨끗이 사라졌다.

　칠흑빛을 띤 아름다운 머리카락, 진주처럼 매끈한 피부, **곳곳이 찢겨진** 듯한 붉은색과 검은색으로 이뤄진 저 영장은 틀림없는 〈엘로힘〉— 즉, 자신의 영장이다.

　그리고, 호박색을 띤 시계판 형태의 눈동자.

　토키사키 쿠루미는, 토키사키 쿠루미에게 말했다.

　"—부탁이에요, 『저』. 무슨 수를 써서라도 도망쳐 주세요.

이 성의 주인인 퀸이 눈치채기 전에 말이에요. 그리고, 무슨 수를 써서라도 이 인계와 **그 사람**을 구하는 거예요."

(※주의 본편 스포일러 포함!)

―경탄, 경악, 어머나 놀라워라.

이 작품을 읽고 재미있다고 느꼈거나, 혹은(슬프게도) 재미없었다고 느낀 분조차도 경악을 금치 못할 정도의 임팩트를, **그녀**는 지니고 있지 않을까요.

……그런 그녀가 등장했습니다. 예, 출현했습니다. 물론 그녀에 대해서는 아직 이야기할 수 없습니다. 그녀의 정체, 목적, 그리고 왜 여기 있는 건데? 스핀오프에 등장시켜도 되는 거야?

애초에 저 라스트는 어떤 의미야?! 히가시데, 괜찮은 거야? 「실은 아무 생각도 없고, 여차하면 토키사키 쿠루미(狂三)의 쌍둥이 여동생 토키사키 쿠루시(狂四)인 걸로 하죠」 같은 생각을 하고 있는 건 아니지?

……같은 생각을 하시는 분도 계시겠죠.

하지만 한편으로 납득을 하신 분도 있으실 겁니다. 『데이트 어 불릿 1권』과 동시 발매된 『데이트 어 라이브 16 쿠루미 리플레인』을 읽으신 분, 특히 그녀의 과거를 아신 분이라면 이해가 되실 겁니다.

잘 들으세요. 헷갈릴 수 있는 부분이니, 천천히 읽어주세요.

저쪽에 등장한 이쪽의 그녀는 저쪽에 등장할 리가 없다.
왜냐하면 저쪽의 그녀는 그것에 대항할 수단을 가지고 있는 것이다.

타치바나 코우시 선생님과의 회의 결과, 이쪽에 등장시키기로 한 그녀에 대해서는 다음 권에서 마음껏 이야기할까 합니다!

참고로 디자인 및 탄환의 명칭 등도 타치바나 선생님께서 감수해주셨습니다. 솔직히 말해 타치바나 선생님은 머리끝부터 발끝까지 『토키사키 쿠루미』라는 바닥없는 늪에 빠져 있다는 걸 실감했죠. 어? 타치바나 씨가 헤엄치고 있네. 접영을 하면서 기쁨을 표현하고 있다고!

자, 충격적인 새로운 정보에 대한 이야기는 이쯤에서 끝내기로 하고, 예소드에 관해 언급할까 합니다. 이 영역은 모든 영역 중에서 가장 시끌벅적한 곳입니다. 뭐, 말쿠트가 쓸데없이 흉흉할 뿐, 다른 영역은 좀 불온한 분위기가 감돌기는 해도 대부분 평화로운 곳입니다.

물론 **완전히** 평화롭지는 않지만 말이죠…….

각 준정령들은 아이돌─스태프─팬으로 나뉘어 있으며, 아이돌에게 가장 많은 영력이 모입니다. 그리고 아이돌은 팬 파워라고 해서 팬의 그림자(형광봉을 열성적으로 휘두른다)를 만들 수 있으며, 그것이 많으면 많을수록 라이브의 분위기가 뜨거워집니다.

모모조노 마유카를 비롯해 여러 아이돌은 엠프티를 시종처럼 고용하기도 합니다. 그녀들은 느닷없이 사라지기도 하지만, 원래 개성이 적은 봇(Bot) 같은 존재이기 때문에 대부분의 준정령은 관심을 가지지 않습니다.

참고로 도미니언인 반오인 미즈하나 키라리 리네무는 전투능력은 뛰어나지 않지만 주위에 있는 준정령들은 나름 실력자들입니다. 그리고 전투광인 준정령이 잔뜩 있는 말쿠트가 폭주했을 때는 방패 역할을 하기 때문에 여러모로 우대를 받고 있습니다.

참고로 인계의 각 영역은 『데이트 어 라이브』에서 활약 중인 정령들과 연결되어 있습니다만, 본편에 영향을 끼치는 경우는 아직 없습니다. 이번 권처럼 특수한 형태로 게스트 출연할 가능성은 있습니다만, 본편의 정령들이 짜잔~ 하고 등장하면…… 준정령들이…… 죽을 거예요…….

자, 이번에도 평소와 마찬가지로, 다방면으로 폐를 끼치고 말았습니다. 담당 편집자 님, 타치바나 코우시 선생님, 그리고 일러스트를 그려주신 NOCO 선생님, 매번 감사합니다!

그리고 독자 여러분, 이 책이 발매되었을 즈음(2017년 8월)은 한창 더울 거라고 생각합니다.

건강을 챙기시며, 충실한 독서 라이프를 즐겨주시길!

히가시데 유이치로

■ 역자 후기

안녕하십니까. 근로청년 번역가 이승원입니다.

『데이트 어 불릿 2권』을 구매해 주서서 진심으로 감사드립니다.

어느새 본격적인 추위가 시작됐습니다. 창틈으로 스며들어오는 한기가 정말 장난이 아니군요.

그리고 개인적으로 겨울하면…… 고구마!

실은 제 부주의로 가스레인지를 태워먹은지라, 구황작물인 고구마를 전자레인지로 익혀 먹는 인생을 살고 있습니다. 그런데…… 고구마가 참 맛있습니다!

수세미로 흐르는 물에 깨끗하게 씻은 다음, 비닐로 싸서 전자레인지에 돌리기만 하면 되니 초 간단! 그리고 손으로 잡고 먹으면 되니 작업을 하면서 먹기도 좋죠! 게다가 저는 영양분이 많다는 껍질도 우걱우걱~ 하는 스타일인지라 뒷정리도 간단합니다!

오오! 고구마 만쉐이~!

……물론 그 부작용으로 가스 배출(^^)이 매우 심각해졌

습니다만, 혼자 쓰는 작업실에서 가스 배출을 해 봐야 저만 코를 막으면 그만이니까요! 확, 이참에 이 가스 배출을 장기 자랑으로 승화(-_-)시킬 방법은 없는지 구상해볼까도 싶습니다. AHAHA.

……마, 마감 끝내면 고기 먹으러 갈 겁니다아아아아아아아!

그럼 『데이트 어 불릿 2권』에 대해 조금 이야기해볼까 합니다.

스포일러가 포함되어 있을 수도 있으니 본편을 안 읽으신 분은 유의해주시길!

예, 『그녀』가 등장했습니다. 본편에서는 등장할 가능성이 없다고 여겼던 『그녀』가 『데이트 어 불릿』에 강림! 저도 작업을 하면서 깜짝 놀랐습니다.^^

초반의 모 아이돌 육성 게임을 연상케 하는 전개, 그리고 히비P(^^)가 너무 매력적이라서 이번 편은 쿠루미가 아이돌계의 전설(?)이 되는 편이라 생각했습니다. 그런데 마지막에 저런 반전이 터져 나올 줄은 상상도 못했어요.ㅠㅜ

『그녀』의 정체, 그리고 숨겨진 진실이 밝혀질 3권을 독자 여러분과 함께 저노 ㄱ대할 생각입니다!

그럼 이만 줄이겠습니다.

L노벨 편집부 여러분, 이번에도 정말 폐를 많이 끼쳤습니다. 앞으로도 잘 부탁드립니다.

　　가스레인지 태워먹었다는 말을 듣자마자 휴대용 가스버너를 들고 와준 지인이여. 가스버너를 들고 와준 건 고마운데…… 왜 그걸로 우리 집에서 라면을 끓이는 건데?! 그것도 내가 사다놓은 라면을! 게다가 혼자 다 먹는 건 너무하잖아……(털썩).

　　마지막으로 언제나 제게 버팀목이 되어주시는 어머니와 『데이트 어 불릿』을 읽어주신 모든 분들에게 진심으로 감사드립니다.

　　이번 권의 충격적인 라스트에서 이어질 다음 권의 역자 후기 코너에서 다시 뵙겠습니다!

2017년 12월 중순
역자 이승원 올림

데이트 어 불릿 2

1판 1쇄 발행 2018년 1월 10일
1판 2쇄 발행 2019년 11월 13일

지은이_ Yuichiro Higashide
감수 기획_ Koushi Tachibana
일러스트_ NOCO
옮긴이_ 이승원

발행인_ 신현호
편집장_ 김은주
편집진행_ 최은진 · 김기준 · 김승신 · 원현선 · 권세라
편집디자인_ 양우연
국제업무_ 정아라 · 전은지
관리 · 영업_ 김민원 · 조은걸 · 조인희

펴낸곳_ (주)디앤씨미디어
등록_ 2002년 4월 25일 제20-260호
주소_ 서울시 구로구 디지털로 26길 111 JnK디지털타워 503호
전화_ 02-333-2513(대표)
팩시밀리_ 02-333-2514
이메일_ lnovelpiya@naver.com
L노벨 공식 카페_ http://cafe.naver.com/lnovel11

DATE A LIVE FRAGMENT DATE A BULLET Vol.2
©Yuichiro Higashide, Koushi Tachibana, NOCO 2017
First published in Japan in 2017 by KADOKAWA CORPORATION, Tokyo.
Korean translation rights arranged with KADOKAWA CORPORATION, Tokyo

ISBN 979-11-278-4359-5 04830
ISBN 979-11-278-4273-4 (세트)

값 7,000원

데이트 어 라이브 1~17권, 앙코르1~6권, 머테리얼

타치바나 코우시 지음 | 츠나코 일러스트 | 이승원 옮김

4월 10일, 새 학기 첫 등교일.
이츠카 시도는 평소와 다름없는 일상을 보내고 있었다.
갑작스러운 충격파로 파괴된 마을 한가운데에서 소녀와 만나기 전까지는—

세계를 부수는 재앙, 정령을 막을 방법은 단 두가지.
섬멸, 혹은 대화

정령과 만나게 된 시도는,
세계의 멸망을 막기 위해 데이트로 정령을 꼬셔야하는 운명에 처하게 되는데!?

세계의 멸망을 막기 위한 데이트가 시작된다~!!

ANIPLUS TV 애니메이션 방영 화제작!!

마학의 패왕과 과법의 총희 1권

키나코 모치즈키 지음 | Nardack 일러스트 | 이진주 옮김

과학이 쇠퇴하고 마법이 「마학」이라 불리며 발달한 세계.
그곳에서는 「복음」이라 불리는 주문과 같은 기술이 사회기반이 되었다.
과거의 사건을 계기로 마학을 싫어하게 된 평범한 고등학생, 아이바 하지메는
문부마학성의 엘리트 마학술사, 미사키 미우를 만나
전세계에서 「마학을 바르게 쓸 수 없게 되는」
「복음모순」이라 불리는 현상이 일어나고 있다는 사실을 알게 된다.
『복음모순』은 400년 전에 근절당한 과학─
「과법」을 신봉하는 「과법술사」가 일으켰다고 한다.
하지메는 지금의 세계에서 마학을 바르게 사용할 수 있는
유일한 인간일지도 모른다는데……?

검희와 총희가 번뜩이며 춤추는
신세대 마법과학 배틀 액션 러브코미디!

라이트노벨의 새로운 빛! ㄴ노벨의 신간은 매월 10일에 발매됩니다. http://cafe.naver.com/lnovel11

©Donabe 2016/Futabasha Publishers Ltd.
Illustration Inco Horiizumi

전직의 신전을 열었습니다 1권

도나베 지음 | 호리이즈미 잉코 일러스트 | 정금택 옮김

마을 사람으로 태어난 이는 아무리 노력해도
마을 사람에서 벗어날 수 없으며 결코 검사가 될 수 없다―.

모든 이들이 선천적으로 타고난 「고유직업」에 의해 인생이 결정되는 세계.
그리고 이 이세계에 한 사람의 젊은이가 특별한 능력을 지니고 소환된다.

이세계로 소환된 청년 모리모토 카나메가 지닌 능력은
사람들을 화려하게 「선식」시킬 수 있는 「잡 체인지 능력」이었다!!

이세계 직업 판타지!!

곰 곰 곰 베어 1~4권

쿠마나노 지음 | 029 일러스트 | 김보라 옮김

게임이 현실보다 재밌습니까?—YES
현실 세계에 소중한 사람이 있습니까?—NO

……온라인 게임 설문 조사에 대답했을 뿐인데
말도 안 되는 이세계(아마도)로 내던져진 나, 유나.
은둔형 경력 3년의 폐인 게이머.
맨 처음 장착하게 되는 장비템이 『곰 세트』라니…….
이게 무어야—!?
하지만 세고 편하니까 뭐, 괜찮으려나?
울프를 쓰러뜨리고, 고블린을 쓰러뜨리고
극강 곰 모험가로서 일단 해볼까요.

은둔형 외톨이 소녀, 이세계에서 무적의 곰 모험가가 되다!

© Taro Hitsuji, Kurone Mishima 2017
KADOKAWA CORPORATION

변변찮은 마술강사와 추상일지 1~2권

히츠지 타로 지음 | 미시마 쿠로네 일러스트 | 최승현 옮김

알자노 제국 마술학원에는 학생들도 기가 막혀 하는
한 변변찮은 마술강사가 있었다.
그의 이름은 글렌 레이더스.
수업에 뱀을 가져와서 여학생들이 무서워하는 모습을 감상하려다가
오히려 그 뱀에게 머리를 물리질 않나…….
도서관에서 실종된 여학생을 구하러 갔다가, 오히려 본인이 겁에 질려서
파괴 주문으로 도서관을 날려버리려고 하질 않나…….
수업 참관 일에는 웬일로 성실하게 수업을 하나 싶더니 곧 본색을 드러내고…….
그런 마술학원에서 벌어지는 변변찮은 일상.
그리고— "……꺼져라, 꼬마. 죽고 싶지 않으면."
글렌의 스승이자 길러준 부모인 세리카 아르포네아와의
충격적인 만남이 수록된 『변변찮은』 시리즈 첫 단편집!

본편 TV애니메이션 방영 화제작!!

데스마치에서 시작되는 이세계 광상곡 1~10권

아이나나 히로 지음 | shri 일러스트 | 박경용 옮김

한창 데스마치를 치르던 프로그래머 스즈키 이치로(29).
「사토」란 닉네임을 쓰는 그가 잠시 잠들었다 깨어나 보니
듣도 보도 못한 이세계에 방치되어 있었다!
혼란에 빠질 틈도 없이 눈앞에는 처음 보는 괴물의 대군이 다가오고,
하늘에서는 유성우가 쏟아진다.
정신을 차리고 보니, 최강 레벨의 힘과 막대한 부를 손에 넣었는데……?!
이렇게 사토의「유유자적, 가끔 시리어스, 그리고 하렘」인
이세계 모험담이 시작된다!!

최강 레벨과 막대한 재보를 가지고
시작되는 유유자적 이세계 관광!!

NOVEL